E-Z DICKENS SUPER-HÉROS LIVRE TROIS: CHAMBRE ROUGE

Cathy McGough

Stratford Living Publishing

TABLE DES MATIÈRES

Dédicace

Pour ceux qui croient...

Epigraphe

"Un héros est un individu ordinaire qui trouve la force de persévérer et d'endurer en dépit d'obstacles insurmontables.
Christopher Reeve

PROLOGUE

Deux années s'étaient écoulées et nous étions le 1er décembre, date du quinzième anniversaire d'E-Z. Bien qu'il fasse un froid glacial dehors et que des flocons de neige volent autour d'eux, sa famille et ses amis tiennent absolument à ce que la fête se déroule à l'extérieur, où un feu de camp a été allumé pour les réchauffer et où un barbecue a été organisé.

Maintenant que Samantha et Sam sont mariés, la maison des Dickens est encore plus occupée. Les visites d'amis ne sont jamais ennuyeuses.

Le mariage de Sam et Samantha avait été une petite cérémonie, organisée au bureau de l'état civil. Lia avait été demoiselle d'honneur, E-Z témoin et Alfred le cygne trompette porteur d'anneaux.

Lia s'était moquée d'Alfred parce qu'il était vêtu d'un nœud papillon bleu marine et de rien d'autre. Alfred n'a pas été perturbé par cette attention, car il savait qu'il était en bonne compagnie avec d'autres personnes, comme d'anciens Premiers ministres britanniques.

"Si le grand Winston Churchill pensait qu'un nœud papillon était assez bien pour lui, alors c'est assez bien pour moi ! a déclaré Alfred.

"Il fumait aussi un gros cigare ! dit E-Z. "J'espère que tu ne vas pas commencer à en fumer un toi aussi".

Lia ricane.

"Les steaks sont prêts ! appelle Sam. "Si vous les aimez saignants, venez les chercher tout de suite.

Seule Samantha s'avance, son assiette à portée de main. "Votre fils a envie d'un plat rare aujourd'hui", dit-elle en se tapotant le ventre.

"Ce que mon fils veut, il l'obtient", dit Sam en déposant un steak dans l'assiette de sa femme. Elle en toucha le milieu tandis que son mari ajoutait une pomme de terre au four et quelques asperges à côté.

Samantha grignote des asperges en se dirigeant vers la table de pique-nique. Elle avait planifié l'anniversaire de E-Z à la perfection et passé beaucoup de temps à décorer la table avec des objets sur le thème de Happy Birthday. Elle s'assit et coupa sa pomme de terre au four en deux, puis y ajouta de la crème fraîche, de la ciboulette, du beurre et quelques pincées de sel.

E-Z, Lia, Alfred, PJ et Arden sont restés sur place parce qu'il faisait plus chaud près du foyer. L'oncle Sam n'aimait pas que les gens tournent autour de lui lorsqu'il s'occupait du barbecue, alors ils sont restés à l'écart. En outre, ils aimaient tous que leurs pieux soient bien cuits et cela leur donnait aussi l'occasion de bavarder seuls et de prendre des nouvelles.

"Que pensez-vous de notre site Internet sur les super-héros ? demande E-Z.

PJ et Arden se sont regardés, puis ont haussé les épaules.

"Allez", dit E-Z. "Qu'en pensez-vous vraiment ? Je sais que vous avez jeté un coup d'œil au site, parce que l'oncle Sam m'a aidé à consulter les données. Je ne savais pas qu'on pouvait trouver autant d'informations sur les visiteurs de notre site, la durée de leur visite, ce qu'ils regardent. Et j'ai reconnu vos adresses IP. Alors, dites-moi ce que vous en pensez".

"Toute la vérité ? Tous les coups sont permis ?" demande PJ.

"La vérité brutale ? ajoute Arden.

"Oui", dit E-Z pour l'amadouer. Il baisse la voix jusqu'à chuchoter. "L'oncle Sam a fait un excellent travail. Pourtant, nous ne visons pas le bon public, car nous n'avons pratiquement pas de trafic. En dehors de vous deux et d'une adresse IP située en France, nous n'avons pratiquement pas eu de visites.

"Quelques personnes, comme vous, sont revenues et ont consulté le site plusieurs fois, mais elles ne restent pas longtemps. L'oncle Sam a suggéré de créer une lettre d'information, d'inciter les gens à s'inscrire et de leur envoyer des mises à jour, mais je ne sais pas. Tout le monde fait des bulletins d'information de nos jours et cela semble être beaucoup de travail. L'oncle Sam m'a montré qu'il s'était inscrit à une cinquantaine d'entre elles !

"En ce qui concerne les demandes d'aide - et c'est la raison pour laquelle nous avons créé un site web - jusqu'à présent, tout ce qu'on nous a demandé de faire, ce sont des choses que les autorités locales, comme la police et les pompiers, prennent en charge. Je n'aime pas l'idée que nous nous précipitions pour sauver un chat dans un arbre et que les pompiers se présentent en tenue complète pour faire le même travail. C'est inefficace pour eux et pour nous. Et c'est gênant lorsqu'ils arrivent juste au moment où nous terminons. Leur temps est précieux - ils sauvent des vies tous les jours. C'est un manque de respect, si vous voyez ce que je veux dire. Ils sauvent des vies et sont de garde vingt-quatre heures sur vingt-quatre.

"Je pense qu'il faut que les demandes soient hors de leur domaine, pour ne pas leur faire perdre leur temps et ne pas rendre leur travail plus difficile qu'il ne l'est déjà. Désolé pour ce long discours, mais quand je pense à tout ce qu'ils ont fait après l'accident de mes parents..."

PJ et Arden se sont rapprochés et ont chuchoté. Ils ne voulaient pas blesser Sam - après tout, ils n'étaient pas des experts - ou prendre le risque qu'il les entende et brûle leurs steaks.

"Nous comprenons tout à fait votre point de vue", a déclaré PJ. "D'ailleurs, la police et les pompiers sont des services essentiels, et ils sont payés pour sauver des gens. Alors que vous, vous êtes des volontaires."

"Ainsi, leur site web et leur présence en ligne dans les médias sociaux sont différents de ce que vous devriez être", a déclaré M. Arden. "Et ils ont beaucoup de personnel, à de nombreux niveaux, pour maintenir et mettre à jour tout cela.

"Alors que votre site a besoin de quelque chose de plus super-héroïque - si c'est même un mot - et de moins corporatif. Comme les légendes, ceux dont vous suivez les traces. Regardez certains des sites créés pour eux - et ce sont des personnages de fiction. Imaginez ce que nous pourrions faire si nous suivions leur exemple", a déclaré M. Arden.

"Comme quoi ? Je sais que vous avez des idées, alors partagez-les", a déclaré E-Z.

"Comme vous l'avez peut-être compris, nous avons fait un brainstorming à deux. Et nous avons créé un site web de démonstration - il n'est pas en ligne et ne le sera pas tant que vous ne l'aurez pas approuvé - de ce à quoi votre site pourrait ressembler. Il se trouve sur mon téléphone. Regardez et voyez ce que nous voulons dire et réfléchissez aux possibilités, car nous l'avons fait assez rapidement." PJ a appuyé sur le bouton de démarrage. Les Trois se sont penchés.

L'écran affiche d'abord les mots "Bienvenue sur le site des super-héros de *The Three*". Ensuite, l'écran a fait un zoom sur E-Z en animation. Il était assis dans son fauteuil roulant, comme on pouvait s'y attendre, vêtu d'un t-shirt noir, d'un jean bleu et d'une paire de chaussures de course.

E-Z s'est tapoté les cheveux quand il a vu que la mèche noire au milieu de ses cheveux blonds avait l'air d'un goupillon. Il n'a jamais pu s'y habituer.

"Qu'est-ce que c'est, sur ma chemise, mon jean et mes chaussures ? C'est un logo ? Et comment avez-vous fait pour me transformer en dessin animé ?"

"Oui, c'est un logo. Nous avons pensé que l'aile d'ange était cool et appropriée", a déclaré M. Arden.

"Nous avons utilisé une application pour vous transformer en dessin animé", a déclaré PJ. "Nous avons fait quelques retouches sur tes bras. J'espère qu'on n'a pas exagéré."

E-Z's a regardé de plus près la version animée de lui-même qui croisait les bras. Ses avant-bras, plus volumineux, attirèrent son attention et ses joues rougirent. Il avait l'air d'un minable, d'un poseur. Ses amis pensaient-ils vraiment qu'il était plus beau comme ça ? Il grimaça lorsque E-Z apparut sur les ailes de l'écran. Il plana dans les airs et pointa du doigt.

C'était la première fois que nous faisions la connaissance de Lia. Elle est également arrivée sous forme animée. Lia était vêtue de la tête aux pieds d'une combinaison violette avec un tutu. Ses cheveux blonds étaient attachés en queue de cheval et ses yeux étaient recouverts d'une paire de lunettes de soleil violettes. Elle avait l'air sautillante, amicale et mignonne alors qu'elle traversait l'écran. Elle se tournait et s'arrêtait, comme un mannequin sur un podium, et prenait la pose.

E-Z se moque, il ne peut pas s'en empêcher.

"Au moins, je n'ai pas l'air d'un poseur avec de faux muscles", dit-elle.

E-Z n'a pas fait de commentaire.

Lia animée a tendu les bras vers l'avant, les paumes tournées vers le sol. Puis, voilà, elle les a retournés. L'œil gauche de sa paume s'ouvrit, suivi de l'œil droit. De façon synchronisée, ils ont cligné des yeux. Lia maintint sa pose, puis siffla entre ses doigts.

"J'aimerais pouvoir faire vraiment ça", dit-elle en essayant d'imiter la version animée d'elle-même.

E-Z a sifflé.

Elle lui donne un coup de coude et lui dit : "Fais-toi plaisir".

La Petite Dorrit apparaît alors à l'écran. Elle était élégante et féminine, et aussi blanche que la neige. La licorne vola jusqu'à Lia, se posa et baissa la tête pour que la petite fille puisse la caresser. Lia monta à bord et la Petite Dorrit vola à côté d'E-Z. Elles planèrent, puis tournèrent la tête. Elles planèrent, puis tournèrent la tête.

C'est le signal d'Alfred. Sous forme de dessin animé, son bec orange vif semblait scintiller à la lumière. Il contrastait directement avec son nœud papillon rouge pomme d'amour. Alors qu'il s'avançait vers Lia et E-Z, ses pieds palmés claquaient comme s'ils étaient des ventouses.

"Mes pieds ne font pas ce bruit ! dit Alfred.

"Euh, eux aussi", dit E-Z avec un sourire en coin, tandis qu'Alfred à l'écran déploie ses ailes et s'envole aux côtés de ses deux camarades.

Les trois ont pris la pose. E-Z était au milieu, Lia à gauche et Alfred à droite. C'est alors que cela s'est produit. *Les Trois* - enfin Lia et E-Z - ont levé le pouce. Alfred, quant à lui, a fait le geste de lever les ailes.

"C'est embarrassant", chuchote E-Z à Alfred.

"Sans blague !"

"Shhhh", dit Lia alors que la voix off sur l'écran se met en marche. C'était la voix d'Arden, mais son ton était plus bas. On aurait dit un animateur de jeu télévisé.

"Si vous avez besoin d'un super-héros... E-Z, Lia et Alfred - également connus sous le nom des *Trois* - sont à votre service vingt-quatre heures sur vingt-quatre, sept jours sur sept. Appelez ***-***-**** ou envoyez un message via les médias sociaux.

Lorsque vous avez besoin de l'aide de quelqu'un... appelez *les Trois*. Ils seront là pour vous... immédiatement. Vous pouvez compter sur eux... parce qu'ils sont les meilleurs. Vingt-quatre heures sur vingt-quatre, sept jours sur sept... satisfaction garantie."

"Et maintenant, c'est le grand final", a déclaré Arden.

Les Trois croisent les bras sur leur poitrine. Alfred replie ses ailes.

"Euh, ce n'est pas possible", dit Alfred.

"Chut, dit Lia.

Le menton en avant, l'un après l'autre, *les Trois* prennent la pose.

PJ fait une pause.

"Compte tenu de ce que vous avez dit à propos des juridictions, nous devrions peut-être modifier cette partie", a-t-il déclaré. Il a appuyé sur "start".

"Aucun travail n'est trop grand ou trop petit pour nous ! dit une version informatisée de la voix d'E-Z.

Puis un cercle au centre de l'écran a tourné en rond, comme si le wi-fi essayait de trouver un signal. Le mot BAM ! est apparu sur l'écran. Puis le mot SOCKO !

Ils ont vu E-Z sauver un chat coincé en haut d'un arbre.

"Oh mon frère", a-t-il dit.

La voix de son personnage animé continue.

"Nous sommes les trois

Nous sommes là pour vous !

Chat coincé dans un arbre...

Nous allons le faire descendre pour vous !"

E-Z a été montré en train de remettre le chat sauvé à une famille.

"Euh, cela ne s'est jamais produit", a-t-il répondu.

"Nous avons pris une petite licence poétique", a admis Arden.

"Nous pouvons réparer tout ce que vous n'aimez pas", a déclaré PJ.

Le cercle est réapparu sur l'écran, tournant en rond. Lorsqu'il s'est arrêté, l'écran s'est rempli du mot BANG ! Suivi du mot ZIP !

A l'écran, E-Z s'anime et sauve un avion rempli de passagers. Lorsqu'il pose l'avion, des centaines d'observateurs attendent sur la piste et applaudissent.

"C'est plutôt ça", a-t-il dit.

"Chut, dit Lia.

Sur l'écran, E-Z a dit,

"Parce que nous sommes tes amis !

Nos services sont gratuits.

24/7

Parce que nous sommes les *Trois* !"

On recommence à tourner en rond. Suivi d'un BINGO ! Et BAM !

Le sauvetage des montagnes russes a été recréé en animation. C'était très bien. Tellement précis qu'on pouvait sentir la barbe à papa et le caramel corn.

"Oh !" dit E-Z.

Lia a applaudi.

Alfred secoue son cou d'un côté à l'autre comme s'il venait d'être aspergé d'eau très froide.

"J'adore ! dit Lia. "Et merci d'avoir inclus ma couleur préférée. Comment l'as-tu su ?"

"J'ai remarqué que tu le portais souvent", dit PJ. Ses joues rougissent. "Je suis ravie que tu l'aimes."

"Qu'en penses-tu, E-Z ?" demande Arden.

Alfred jette un coup d'œil en direction d'E-Z.

"C'était euh," dit E-Z, "euh... un bon effort."

"Le dîner est prêt, venez le chercher ! appelle Sam.

"Samantha a dit : "Laissons le garçon qui fête son anniversaire y aller en premier.

E-Z traverse la cour avec Alfred.

"C'est un timing parfait", a-t-il déclaré.

"Oui, ces deux-là sont toujours aussi nuls", répond Alfred.

"Mais leur cœur est à la bonne place. C'est une idée intelligente, mais un peu exagérée pour nous".

"Un peu ?" hurle Alfred.

"D'accord, beaucoup, mais ils ont tenté leur chance. Nous pouvons garder ce qui nous plaît et nous débarrasser du reste."

Quand ils eurent tous mangé, ils s'assirent à la table de pique-nique et mangèrent. Le ciel changea et des étoiles brillantes remplirent le ciel tout autour d'eux. Ils mangèrent à satiété, puis Samantha sortit le gâteau d'anniversaire qu'elle avait préparé, et tout le monde chanta "Joyeux anniversaire !".

"Discours ! La parole !" Arden réprimande et bientôt tout le monde se joint à lui.

E-Z réfléchit quelques secondes.

"Merci d'avoir fait de mon quinzième anniversaire un événement spécial. J'aimerais prendre une minute pour me souvenir de ma mère et de mon père, et pour partager avec vous un souvenir d'anniversaire. Si vous êtes d'accord ? Je promets de ne pas être trop tendre."

Tout le monde a acquiescé.

Samantha qui, depuis qu'elle était enceinte, était toujours en larmes. Qu'il s'agisse de larmes de joie ou de larmes de siège, elle en a essuyé une avant même qu'il n'ait commencé. "Je vais bien", dit-elle, tandis que Sam passe son bras autour d'elle.

"C'était le jour de mon cinquième anniversaire. Je ne voulais pas de fête et j'ai demandé à aller voir un film à la place. Au lieu de lire le journal pour savoir ce qui était à l'affiche, nous avons décidé d'arriver et de décider ce que nous allions voir sur place. En tout cas, ils ont dit que je pouvais choisir puisque j'étais le garçon de l'anniversaire".

Il ferme les yeux une seconde.

Il était juste derrière le théâtre. Maman était là, toute vêtue d'une parka. Elle portait un casque antibruit et se frottait les mains comme elle le faisait toujours. Maman portait toujours des gants et se plaignait d'avoir froid aux doigts.

Papa portait son manteau bleu jusqu'aux genoux sur un jean. Il n'aimait pas porter de chapeau en ville, parce qu'il aurait décoiffé ses cheveux. Ses mains n'avaient pas de moufles. Elles sont enfoncées dans la poche de son manteau avec ses clés.

E-Z renifle l'air. Il pouvait sentir l'odeur du pop-corn au beurre à l'intérieur du cinéma, attendant qu'ils entrent et le commandent.

Ils regardaient les affiches.

"Et celui-là ?" dit sa mère.

"Non, E-Z préfère celui-là ?" dit son père.

Il rouvre les yeux.

Au lieu d'être dans le jardin avec sa famille et ses amis, il était de nouveau dans le silo. Il n'y était pas retourné depuis que les archanges avaient renié leur accord.

"Joyeux anniversaire !" s'exclame la voix dans le mur.

Un panneau s'ouvrit dans le mur à côté de lui et un petit gâteau en sortit. Sur le dessus, on pouvait lire : "Joyeux anniversaire, E-Z." Au centre se trouvait une bougie déjà allumée.

"Bon appétit !", dit la voix en déposant un couteau et une fourchette sur la table à côté de lui.

"Euh, merci", dit-il. "Pourquoi suis-je ici ?"

"Le temps d'attente est de quatre minutes", dit la voix agaçante. "Veuillez vous asseoir.

Comme s'il avait le choix.

CHAPITRE UN

ANNIVERSAIRE INTERROMPU

E-Z N'A PAS TOUCHÉ au petit gâteau posé devant lui, bien qu'il ait l'air et l'odeur d'un bon gâteau. Il se demandait ce qui se passait à sa fête. Au moins, il savait qu'on ne pouvait pas couper le gâteau tant qu'il n'avait pas soufflé les bougies et fait un vœu. Une fête d'anniversaire à la maison alors qu'il n'y était même pas !

"Sortez-moi d'ici !", a-t-il crié. "Je suis en train de rater la fête de mon quinzième anniversaire et j'étais en train de raconter une histoire."

Le toit du silo s'ouvrit et Eriel s'élança vers lui comme un éclair dans une tempête.

"C'est bon de te revoir, ancien protégé", dit-il.

"Le sentiment n'est pas réciproque. Pourquoi suis-je ici ? Je pensais en avoir fini avec vous tous et c'est mon anniversaire, il faut que je m'y remette."

"Oui, je m'excuse pour le timing, mais nous ne pouvions pas laisser passer votre anniversaire sans au moins vous en souhaiter un bon."

"Euh, merci, je crois."

"Et puisque tu es là, pourquoi ne pas déguster ton petit gâteau d'anniversaire ? Et n'oublie pas de faire un vœu, tu auras besoin de toute l'aide possible", dit l'archange en ricanant.

A côté d'E-Z, une fenêtre s'ouvrit et un bras mécanique en sortit avec une allumette allumée. Il enflamma la mèche, puis se retira dans le mur si rapidement que l'allumette se détacha d'elle-même.E-Z regarda la bougie vacillante. Il se demanda ce que signifiait ce dernier commentaire, mais se dit qu'Eriel était en train de l'embobiner. Son cerveau devint vide. Il n'arrivait pas à trouver une seule chose à souhaiter. A part cela, il était de retour à la maison avec ses amis et sa famille pour fêter son anniversaire. Alors qu'il soufflait la bougie, Eriel se mit à chanter. C'était une interprétation endiablée de "Car c'est un joyeux luron, personne ne peut le nier".

"Ne le prenez pas mal", dit E-Z, "mais vous êtes censés chanter Joyeux anniversaire".

"C'est l'intention qui compte", dit Eriel. "Maintenant que nous avons conclu la partie anniversaire de votre visite, nous aimerions savoir si vous avez déjà résolu l'énigme.

"Énigme ? Quelle énigme ?"

"Oui, nous vous avons suggéré d'essayer d'établir des liens - dans vos essais passés. Vous vous souvenez quand nous avons dit que nous ne voulions pas vous nourrir à la petite cuillère ? Vous avez réussi à le faire ?"

"Oh, cela ne me semblait pas être une priorité ou une énigme à résoudre, d'autant plus que vous avez renoncé à votre offre. Mais oui, j'étais en train d'écrire dans mon carnet, de noter les choses que nous avons accomplies jusqu'à présent, et j'ai repéré quelques liens avec le jeu, mais ce n'était qu'une pure coïncidence."

"Coïncidence ! Certainement pas. Les incidents sont liés, tout le monde peut le voir !" dit Eriel, en gardant sa voix basse pour ne pas perdre son sang-froid.

"Euh, désolé, mais les coïncidences se produisent tout le temps. Savez-vous combien d'enfants jouent à des jeux vidéo ? J'ai fait une recherche en ligne. En 2011, quatre-vingt-onze pour cent des enfants âgés de deux à dix-sept ans jouaient tous les jours. Cela représente environ 64 millions d'enfants dans le monde."

Ah, vous avez donc mis le doigt dessus. C'est une bonne chose. Avez-vous trouvé autre chose à ce sujet ? Ou des inquiétudes ? Une raison pour laquelle vous devriez faire plus de recherches - la recherche, c'est bien. L'initiative est très, très, bonne".

"Non. Je suis assez occupé, avec d'autres choses - l'école et le reste. D'ailleurs, si tu veux que j'approfondisse la question, tu devras d'abord me convaincre que c'est autre chose qu'une coïncidence. J'ai vérifié quelques statistiques supplémentaires. Par exemple, il y a plus de filles joueuses que jamais. Beaucoup ont créé des entreprises sur YouTube et gagnent leur vie. Ce ne sont pas des enfants bien sûr, mais d'après les statistiques que j'ai lues en ligne, en 2019, 46 % des joueurs sont des filles.

Eriel tapota son long doigt osseux sur son menton, comme s'il réfléchissait à ce que E-Z lui avait dit. "Ah, encore une fois, je suis impressionné. Tu ne trouves pas ces statistiques inquiétantes ?"

"Euh, non, je ne veux pas". Il inspira profondément, perdant patience à l'idée de rater son anniversaire. "C'est important qu'on fasse ça aujourd'hui ? Tu ne peux pas me ramener ici une autre fois ? Rien de ce dont nous parlons n'a l'air critique."

Eriel arrêta de tapoter et son sourcil droit se leva. Il lança un regard à l'enfant qui fêtait son anniversaire.

"Ou est-ce le cas ?" s'enquiert E-Z.

Eriel attendit avant de répondre. Il enroula sa langue autour des mots, comme s'il avait du mal à les faire sortir. Il éleva le ton de sa voix au soprano et dit : "An-y-thin-g el-se a-bou-t tho-se t-wo in-ci-de-nts ? An-y-thin-g to ca-use a-l-a-rm ? Pour s-et a f-ire un-der you ?"

E-Z souhaitait qu'Eriel l'explique clairement et qu'il aille droit au but. Il ne voulait pas se mettre dans l'embarras en énonçant une évidence ou en se trompant.

"Raphaël avait raison, tu es un peu épais".

"Hé !" cria E-Z. "Si tu as besoin de mon aide, tu t'y prends d'une façon très étrange. Il passa son doigt dans le glaçage du cupcake et le suça. C'était bon, comme de la barbe à papa. "Tuer. L'un essayait de me tuer, l'autre tuait des gens dans un magasin. Les deux ont dit que leurs motivations étaient liées au jeu."

"En plein dans le mille", dit Eriel.

"Et ?"

"Peu importe !" Eriel disparut à travers le plafond en chantant : "Épais comme une brique, épais comme une brique, épais comme une brique."

E-Z lève les poings en l'air. "Tu reviens ici et tu me dis ça en face !"

Le rire d'Eriel retentit, rebondissant sur les murs.

PFFT.

"Euh, merci", dit E-Z, puis il se retrouve chez lui, à sa fête. Tout le monde était occupé, jouait à des jeux, faisait son propre truc - comme s'il n'était pas là du tout - ce qui n'était pas le cas.

Il regarde Sam s'essayer à son tour à la balle à l'échelle. Il n'était pas particulièrement doué pour cela, mais E-Z alla tout de même assister à sa deuxième tentative. Une fois qu'il eut terminé son lancer, ratant complètement la cible, il se rendit aux côtés de son neveu.

"Je vois que tu es encore en train d'essayer de te familiariser avec ce jeu", dit E-Z.

"Oui, c'est un talent acquis. Au fait, où es-tu allé ?"

"Eriel voulait me souhaiter un joyeux anniversaire, entre autres choses."

"Euh, c'était gentil de sa part. N'est-ce pas ?"

"Eh bien, tu connais Eriel. Il ne fait jamais rien sans motif. Dans ce cas, il voulait que je fasse un lien basé sur un souvenir."

"Un souvenir de quoi ? De vos parents ? De l'accident ?":

"Non, il voulait que j'établisse un lien entre deux des instigateurs du procès. Ce que j'ai fait d'ailleurs. Puis il est parti en disant que j'étais aussi épais qu'une brique".

"Quelle impolitesse !" s'exclame Lia. Elle écoutait depuis qu'elle s'ennuyait ferme au jeu de lancer de balles.

"Et pour ton anniversaire aussi", dit Alfred. Il était encore plus désespéré que Sam puisqu'il devait lancer les balles avec son bec.

"Tu veux essayer ? demanda PJ en tendant la balle à E-Z qui repositionna sa chaise devant la cible, puis lança la balle. Elle atteint l'échelon supérieur, tourne plusieurs fois sur elle-même et atterrit en position de prime.

"C'est comme ça qu'on fait !" dit Sam.

"PJ et moi avons fait des lancers de ce type tout au long du match", a déclaré Arden.

"Ah, mais tu n'es pas mon neveu", répond Sam.

La fête s'est poursuivie jusqu'à ce qu'il fasse trop sombre pour jouer à d'autres jeux, et tout le monde a décidé de ne pas chanter. PJ et Arden rentrent chez eux tandis qu'E-Z et le reste de la bande vont se coucher.

CHAPITRE DEUX

TROUBLE

Deux jours après la fête d'anniversaire de E-Z, PJ et Arden se sont retrouvés dans l'embarras.

C'est Lia qui a eu la vision que quelque chose n'allait pas. Elle a raconté cette vision à Alfred et à E-Z : "C'était comme s'ils étaient en transe. Et ils étaient tous les deux assis à leur bureau, fixant des écrans d'ordinateur vierges."

Rien d'anormal à cela", dit E-Z. "Ils jouent souvent ensemble et peut-être dormaient-ils ? "Ils jouent souvent ensemble et peut-être qu'ils dormaient.

"Les yeux ouverts ?"

"D'accord, allons-y, dit E-Z.

"C'est au milieu de la nuit ! s'exclame Alfred.

"Pourtant, nous ferions mieux d'aller voir."

Les trois sortent en douce de la maison, décidant d'aller d'abord chez PJ, qui est le plus proche.

"Je ne pense pas que ses parents apprécieront une visite aussi tardive", a déclaré Alfred.

"Ils comprendront", dit Lia en sonnant à la porte d'entrée.

Quelques instants plus tard, un homme très endormi, se frottant les yeux, ouvre la porte en pyjama - le père de PJ.

"Sa mère l'appelle de l'intérieur.

"C'est les amis de PJ", dit son père. "Il y a un problème ?"

"Euh," dit E-Z, "Désolé de vous déranger, mais nous avons vraiment besoin de voir PJ. C'est urgent."

"Tu ferais mieux d'entrer alors", dit le père de PJ.

CHAPITRE TROIS

PLUS TÔT

Plus tôt dans la soirée, PJ et Arden ont travaillé sur le site Web des super-héros. Ils ont mis à jour les informations et ajouté quelques nouveaux éléments.

Dans le passé, lorsqu'une demande d'assistance était formulée, un courriel était envoyé dans la boîte de réception. La prochaine fois que quelqu'un se connectait, il le voyait et répondait en conséquence. Avec le nouveau système, E-Z, Arden et PJ recevront instantanément des messages textuels.

En outre, la personne demandant une requête recevrait une réponse automatique horodatée. PJ et Arden étaient convaincus que cette mise à jour automatisée renforcerait la confiance et augmenterait le trafic sur le site.

PJ et Arden ont également créé une chaîne YouTube avec un podcast. C'est une nouveauté qu'ils ont imaginée lors d'une séance de brainstorming. Ils étaient ravis d'en parler à E-Z. Ce serait un excellent moyen d'accroître la présence en ligne des Trois. Ce serait un excellent moyen d'accroître la présence en ligne *des Trois.* Ils ont également créé un forum de discussion ouvert à tous.

Le système a également classé les messages entrants par catégorie. Par exemple, sauver un chat d'un arbre. Les Trois avaient reçu de nombreuses demandes pour ce service. Les responsables locaux étant mieux équipés pour répondre à ces appels, PJ et Arden en ont fait un code bleu.

Un code bleu signifie qu'au moment où E-Z est arrivé pour sauver le chat, celui-ci avait déjà été sauvé. Un code bleu indique qu'il doit attendre de voir si la situation a été résolue avant de partir.

Un code jaune pourrait être que quelqu'un a oublié ses clés ou les a enfermées à l'intérieur de sa voiture. Là encore, le temps que l'E-Z arrive, la situation avait déjà été réglée. Une fois de plus, il est conseillé d'attendre et de vérifier avant de sortir.

En classant les bleus et les jaunes, E-Z et son équipe pourront se concentrer sur les appels les plus importants, c'est-à-dire les codes rouges.

Le code rouge s'applique lorsque des vies ou des membres sont en danger. Depuis la création du site web, The Three n'a reçu aucune demande dans cette catégorie.

Satisfaits de tout ce qu'ils ont accompli, ils décident de se défouler. Ils ont rejoint un jeu multijoueur.

"Trois filles", écrit PJ à Arden.

"Nous pouvons les prendre", a-t-il répondu.

Le jeu a commencé et, au début, tout s'est déroulé comme d'habitude. Ils battaient les filles, montaient niveau après niveau, tuaient tout ce qu'ils voyaient. Puis, soudain, tout s'est arrêté.

CHAPITRE QUATRE

PJ'S PLACE

*L*ES *TROIS* ET LES parents de PJ se dirigent maintenant vers sa chambre en empruntant le couloir. Ce qu'ils virent correspondait en grande partie à ce que Lia avait imaginé. A la différence que l'écran de l'ordinateur était toujours allumé. Il clignotait et scintillait alors que PJ semblait dormir profondément.

"Qu'est-ce qu'il a ? demande la mère de PJ. "Il devrait être au lit en train de dormir. Regardez sa posture. Il est probablement déshydraté. Je vais lui donner un verre d'eau."

Le père de PJ traverse la pièce et secoue les épaules de son fils. Il s'attendait à ce que son fils se réveille, mais ce ne fut pas le cas. Au lieu de cela, il a glissé sur sa chaise et serait tombé par terre si son père ne l'avait pas rattrapé. Celui-ci porta son fils et le mit sur son lit.

La mère de PJ est revenue, a posé l'eau sur la table d'appoint, puis a posé ses lèvres sur le front de son fils. "Pas de fièvre", dit-elle.

Le père de PJ soulève la paupière droite de son fils et constate que seul le blanc des yeux est visible. "Appelez le 911", s'est-il exclamé.

"Non, je pense que nous devrions appeler notre médecin de famille, le docteur Flannel", dit la mère de PJ. "Il est déjà venu ici pour une visite à domicile. Lorsqu'il s'agissait d'une urgence - et il s'agit bien d'une urgence".

"Mme Handle, dit E-Z, il va s'en sortir.

"Bien sûr, il le fera", répondit-elle, tandis que M. Handle sortait de la pièce pour appeler le docteur Flannel.

Lorsqu'il est revenu, ils ont tous attendu ensemble en silence, observant PJ pendant qu'il dormait. Comme s'ils s'attendaient à ce qu'il se lève et commence à faire des bêtises. Ce serait tout à fait son genre de jouer la comédie. Il se moquait d'eux.

M. Handle était agité, faisant rebondir sa jambe de haut en bas pendant qu'il était assis. Il s'est levé, a traversé la pièce et s'est penché pour regarder le disque dur. Il a levé le pied, comme s'il allait le frapper, mais au dernier moment, il a changé d'avis et a retiré le cordon de la prise.

Ils regardent M. Handle qui commence à trembler de tout son corps, jusqu'à ce qu'il lâche la prise. Il s'est retourné et a marché vers eux. Derrière lui, de la fumée s'échappait du disque dur. Quelques secondes plus tard, l'écran du moniteur s'est fissuré.

"Attrapez l'extincteur ! Alfred appelle, mais E-Z a déjà saisi le verre d'eau et le jette sur la boîte. Celle-ci grésilla et rejoignit l'écran, les deux étant absolument morts.

La mère de PJ se précipite vers son mari et l'aide à s'asseoir. "Le médecin pourra t'examiner quand il arrivera", dit-elle. "Tu as beaucoup de chance. Je ne peux pas supporter que vous soyez blessés tous les deux."

"Je vais bien", a déclaré M. Handle.

Mais pour les Trois, il n'avait pas l'air d'aller bien. Il était pâle, un peu vert et un peu gris.

"Ne faites pas d'histoires", dit M. Poignée. "Merci pour votre rapidité d'esprit, E-Z." Puis il s'adresse à sa femme : "Heureusement que tu as apporté de l'eau."

"PJ sera très fâché quand il verra que son ordinateur est en ruine."

"Allons, allons", dit M. Handle. "Il comprendra."

Il est clair qu'il va mieux, car les Trois remarquent que sa respiration est redevenue normale, tout comme sa pâleur.

Comme tout semblait en ordre, E-Z a parlé d'Arden. "Pendant que vous attendez le médecin, nous devons vraiment vérifier l'état d'Arden. Nous pensons qu'il est dans le même état."

"Ils jouent souvent ensemble, mais qu'est-ce qui a bien pu provoquer cela ? demande M. Handle.

"Je ne sais pas, mais ça vous dérange si je vais voir comment va Arden ?"

"Allez-y", dit Mme Handle.

"Lia va rester ici avec vous, dit E-Z. Elle peut nous tenir au courant et si vous avez besoin de nous, nous reviendrons tout de suite. "Elle peut nous tenir au courant, et si vous avez besoin de nous, nous reviendrons tout de suite."

"Merci, E-Z et Alfred", dit M. Handle en les raccompagnant jusqu'à la porte d'entrée.

CHAPITRE CINQ

ARDEN'S PLACE

E-Z ET ALFRED SE rendent chez Arden. Avant même qu'ils aient eu le temps de frapper, le père d'Arden, M. Lester, ouvre la porte.

"Comment l'avez-vous su ? demanda-t-il.

E-Z ne pouvait pas lui dire la vérité. Il a donc improvisé un mensonge. "Euh, j'ai été le meilleur ami d'Arden toute ma vie, alors je sais quand quelque chose ne va pas. Je peux le voir ?"

"Bien sûr, entrez dans sa chambre", dit Mme Lester, la mère d'Arden. "Ne vous inquiétez pas. Il ne fait que dormir. Il ira mieux demain matin."

M. Lester prend la main de sa femme et l'entraîne dans le couloir où Arden dort à poings fermés.

"Oh", s'exclame Alfred en le voyant. "On dirait qu'il est en état de choc."

"Regardez sous ses paupières", dit M. Lester.

E-Z tire la paupière de son ami vers l'arrière. La pupille de PJ était visible, mais elle était plus grosse et semblait pouvoir exploser hors de son orbite à tout moment. Il referme la paupière sur la pupille.

Alfred Hoo-hoo'd. C'est ce que les Lester ont entendu. Ce qu'il a dit, c'est : "Qu'est-ce qui peut bien provoquer ça ? La peur ? Ou quelque chose de plus grave comme une crise d'épilepsie ?"

E-Z haussa les épaules sans répondre. Les Lester étaient déjà suffisamment effrayés et stressés, et en plus, ils ne feraient que deviner.

"Où l'avez-vous trouvé exactement ? demande E-Z.

"Il était assis devant son ordinateur", a déclaré Mme Lester.

"L'écran était-il allumé ? demanda-t-il.

"Oui, c'est vrai", a déclaré M. Lester. "Nous avons appelé notre médecin de famille. Il est occupé en ce moment, sur un autre appel, mais il va nous rappeler."

"Ils ont déjà appelé un médecin chez PJ, un docteur Flanelle. Je vais appeler Lia pour voir s'il a déjà fait un diagnostic."

"Ils sont presque identiques", a-t-il déclaré.

"Qu'est-ce que tu veux dire, presque ?"

Il sortit de la pièce en se déplaçant sur une chaise roulante. Inutile d'inquiéter les Lester plus qu'ils ne l'étaient déjà. Il chuchote au téléphone : "Ses pupilles sont encore visibles, mais elles sont énormes. Comme des plaies, sur le point d'éclater !"

"Oh, c'est dégueulasse !" dit Lia. "Peut-être devrait-il aller à l'hôpital ?" "Ils ont appelé leur médecin de famille, mais il n'est pas disponible. Alors, faites-moi savoir dès que le Dr Flannel aura donné son avis et je le transmettrai. Vous pourriez lui parler de l'œil d'Arden et voir s'il conseille une hospitalisation immédiate."

"Je le ferai. Je vous contacterai."

Il a tout expliqué aux Lester. Ils regardent devant eux, le visage vide. Il s'inquiétait de la façon dont ils prenaient tout cela.

"Quelqu'un veut-il une tasse de thé ? demande Mme Lester.

"Non merci", dit E-Z. Mme Lester était l'une de ces mamans qui pensaient que le thé pouvait résoudre la plupart des problèmes.

M. Lester a suivi sa femme dans la cuisine.

"Vous ne participez pas habituellement à leurs jeux ? demanda Alfred, maintenant que lui et E-Z étaient seuls avec Arden.

Parfois", dit E-Z, "mais ces derniers temps, quand j'ai du temps libre, je le consacre à l'écriture. Je n'ai pas beaucoup de temps pour moi ces derniers temps."

"C'est compréhensible. Désolé si je traîne trop dans les parages."

"Non, c'est bon. Il faut que je m'organise davantage. Le travail scolaire devient de plus en plus compliqué, vous savez que nous sommes sur le chemin de la carrière et de l'obtention d'un diplôme. Ils veulent que nous sachions où nous allons, et nous ne savons même pas encore où nous sommes."

"Je me souviens de cette époque, mais vous comprendrez. En tout cas, je suis content que tu n'aies pas joué le jeu avec eux, sinon tu serais dans le même état qu'eux."

"C'est vrai. Je ne vois pas ce qui pourrait les effrayer à ce point... si c'est ce qui s'est passé. Je veux dire qu'un jeu est un jeu, pas la réalité. Ça a dû être une sacrée compétition."

Les Lester retournent dans la chambre de leur fils.

"Qu'est-ce qui s'est passé ? Mme Lester hurle.

Les paupières d'Arden étaient maintenant ouvertes, révélant un intérieur entièrement blanc. Comme PJ, ses pupilles avaient disparu.

E-Z a une impression de déjà-vu lorsque M. Lester traverse la pièce et se penche pour le débrancher.

"Stop ! E-Z hurle. "Ne le touchez pas !"

M. Lester s'est figé sur place.

"M. Handle a failli être électrocuté en le touchant. La meilleure chose à faire est de le laisser tranquille."

"Dieu merci, vous étiez là et vous m'avez prévenu", a déclaré M. Lester.

"Oui, merci E-Z. Je n'y arriverais pas si mon fils et mon mari étaient tous les deux blessés. Je ne pourrais pas." Elle traverse la pièce et passe ses bras autour de son mari.

Ensuite, son ordinateur est tombé en panne, l'écran s'est fissuré et de la fumée s'en est échappée", explique E-Z. "Donc, l'ordinateur de PJ est grillé, frit - grillé. "L'ordinateur de PJ est donc grillé, frit - grillé. L'ordinateur d'Arden, lui, est intact. Si nous trouvons un moyen d'y accéder - en toute sécurité - nous pourrons peut-être découvrir ce qui leur est arrivé. D'abord, je dois appeler l'oncle Sam et lui demander son aide. C'est un informaticien chevronné, il saura quoi faire."

"Attendez", dit Mme Lester. "Êtes-vous en train de nous dire que PJ et Arden sont identiques ?"

Il a acquiescé.

"J'ai toujours dit que les ordinateurs étaient diaboliques", dit-elle. "Mon Arden est un athlète. Il aurait dû faire du sport, et non s'asseoir devant son ordinateur et perdre son temps". Elle sanglote dans la poitrine de son mari, qui la serre dans ses bras.

"Les ordinateurs sont nécessaires à l'école", a déclaré M. Lester. "Notre fils n'a rien fait de mal et je suis sûr qu'il retrouvera son état normal d'ici peu. Il a besoin d'un peu de sommeil. Un peu de repos, c'est tout. Il s'en sortira."

Alfred Hoo-hoo'd.

E-Z reçoit un message sur son téléphone. "Lia dit que le docteur Flannel leur a dit de laisser PJ là où il est. Il a dit que ses yeux devraient revenir à la normale d'eux-mêmes. Il dit que PJ ne semble pas souffrir. Son rythme cardiaque et son pouls sont normaux. Il a besoin de repos."

"Merci", a déclaré M. Lester.

"Merci d'être passée", a déclaré Mme Lester. "Nous vous ferons savoir s'il y a des changements.

E-Z et Alfred sont partis après une longue visite et ont retrouvé Lia, puis ils sont rentrés ensemble.

"Je ne peux m'empêcher de me demander, dit E-Z, si cette histoire avec PJ et Arden n'est pas censée être une épreuve. Eriel m'a laissé entendre que je devrais m'inquiéter de quelque chose. Que je devrais même vouloir le poursuivre. Si c'est le cas, je ne sais pas comment je suis censé y remédier. Tu as une idée ? A part demander à l'oncle Sam de nous aider à entrer dans l'ordinateur d'Arden, je suis totalement perdue."

"C'est curieux, si c'est un procès", dit Alfred. "Parce que les procès sont une chose du passé, n'est-ce pas ?"

"Ils le sont, mais si PJ et Arden sont blessés, je n'aurai pas d'autre choix que de m'impliquer. Même si les archanges ont renié notre accord."

"Ils ont tous les deux l'air d'être à côté de la plaque. Qu'est-ce qu'ils attendent de toi ? Ce n'est pas comme si tu avais des pouvoirs de guérison ou quoi que ce soit d'autre", dit Alfred.

"Mais toi, tu le fais !" dit Lia.

"Je le fais, mais quand ils sont utilisables. J'ai essayé de communiquer avec leur esprit. Mais c'était comme s'ils étaient vides. Je ne pouvais pas les atteindre. Pour les guérir, il faudrait qu'il y ait une sorte de connexion. Et il n'y avait rien à quoi me connecter.

"Je n'arrête pas de me demander si je ne devrais pas appeler Ariel à l'aide. C'est l'ange de la nature. Il y a peut-être quelque chose qu'elle peut suggérer, ou quelque chose qu'elle peut faire et que je ne peux pas faire".

"C'est une idée prometteuse", a déclaré E-Z.

WHOOPEE

Ariel est arrivé.

"Qu'est-ce qu'il y a ? demande-t-elle.

Alfred explique la situation.

E-Z a demandé s'il s'agissait d'un procès que les archanges essayaient d'introduire après coup.

"De toute façon, tu dois aider tes amis", dit-elle. "Tu veux les aider, n'est-ce pas ?

"Bien sûr, mais ce que je dois faire, l'action que je dois entreprendre dans un procès est généralement plus évidente.

"N'ai-je pas entendu des murmures sur le fait que tu n'étais pas capable de prendre des initiatives ? demanda Ariel.

"Vous suggérez que les archanges ont plongé mes amis dans le coma pour tester mon initiative ? "Que les archanges ont plongé mes amis dans le coma pour tester mon initiative ?"

Ariel sourit. "Non, je ne suggère rien de tel. Mais, si c'était un procès, que feriez-vous pour les aider ?"

"Lorsqu'on me soumet un problème, mon cerveau se met en marche. Je sais ce qu'il faut faire pour régler le problème et je le fais. Dans le cas présent, je n'ai aucune idée de ce qu'il faut faire pour régler le problème. Ils sont en danger sur le plan médical. Je ne suis pas médecin".

Ariel croise les bras. "Qu'avez-vous essayé, Alfred ?"

"J'ai essayé de me connecter à leur esprit à tous les deux. D'habitude, si je peux guérir des humains ou des créatures, il y a un lien - un lien qui n'a pas été brisé par une force extérieure. Dans leurs deux cas, c'était comme si la porte avait été claquée et que je n'arrivais pas à la franchir."

"Vous avez répondu à votre propre question," dit Ariel. "Y a-t-il autre chose que je puisse faire pour vous aider ?"

"Vous n'avez pas vraiment été d'une grande aide", a déclaré Lia.

Alfred s'est excusé.

WHOOPEE

Et Ariel n'était plus là.

"Tu ne devrais pas lui parler comme ça", dit Alfred. "Si elle avait pu nous aider, elle l'aurait fait."

"Je suis désolée mais c'est frustrant quand ils n'en savent pas plus que nous. Ce sont des archanges ! Ils devraient savoir quelque chose que nous ignorons, sinon à quoi servent-ils ?" demanda Lia.

"Tu veux dire que Haniel est toujours capable de résoudre n'importe quel problème ?"

Lia haussa les épaules. "Je n'ai pas eu beaucoup de choses à discuter".

E-Z dit : "Eriel est inutile. Chaque fois que je lui ai demandé de l'aide, il me l'a refusée. Oui, il m'a donné des conseils. Il m'a dit de me débrouiller tout seul.

"Quand il m'a convoqué la dernière fois, il a fait allusion à une sorte de conspiration, ou de connexion, comme il l'a appelée.

"Quand j'ai deviné ce que c'était - jouer à des jeux - qu'il y avait un lien, il est resté inutile. J'aimerais qu'ils le disent. D'une manière ou d'une autre, je pourrai me concentrer sur la façon de sortir mes deux amis de cette situation."

"Vous voyez ce que je veux dire ? dit Lia. "Tous les archanges sont totalement inutiles."

"Haniel t'a aidée quand tu t'es fait mal aux yeux", lui rappelle Alfred.

Lia lui tourne le dos.

"Espérons que le médecin avait raison et qu'ils seront tous les deux rétablis demain matin", a déclaré E-Z. "C'est tout ce que nous pouvons faire.

Arrivés à la maison, ils sont allés dans la cour arrière. Ils saluèrent la petite Dorrit, regardèrent le soleil se lever et discutèrent de ce qu'ils allaient faire.

E-Z a passé en revue quelques points qui l'avaient gêné. Dans la Chambre Blanche, ils l'ont encouragé à relier les points entre eux. Plus récemment, Eriel l'a aidé à réduire le nombre de points.

Il a revu tout ce que la fille du magasin lui avait dit. Comment elle avait pris des otages, comme dans un jeu. Comment elle portait un costume pour ressembler à un chasseur de primes dans le jeu.

Ensuite, il a passé en revue les détails concernant le garçon à l'extérieur de sa maison. Le gamin avait dit clairement qu'il avait été envoyé pour tuer E-Z par des voix dans le jeu et que s'il ne le faisait pas, sa famille serait tuée.

Puis il a pensé à l'implication d'Eriel et des autres Archanges dans les procès. Maintenant, PJ et Arden sont impliqués.

Les archanges les attireraient-ils pour l'atteindre ? Était-ce sa faute - d'avoir été trop lent à résoudre l'énigme qu'ils lui avaient donnée ? Les archanges ont dit qu'ils en avaient fini avec lui. Ils avaient annulé les épreuves et il était heureux de les voir disparaître. Pourquoi étaient-ils de retour, essayant d'établir une nouvelle connexion avec lui ? Ce n'est pas une coïncidence.

Il ouvre la bouche pour dire à Alfred et à Lia ce à quoi il pense - au lieu de cela, il atterrit à nouveau dans le silo. Mais cette fois, au lieu d'être en métal, le conteneur est en verre et il n'a pas de chaise.

CHAPITRE SIX

A L'ENVERS

E-Z ÉTAIT SUSPENDU à l'envers dans une bulle de verre, observant l'herbe verte et verdoyante de la terre. Il était très haut, et sa tête lui faisait tellement mal qu'il craignait qu'elle n'éclate et n'éclabousse tout le récipient. Mais heureusement, quelque chose le retenait. Il ne savait pas ce que c'était.

Contrairement aux autres fois où il était dans le silo, il n'était pas attaché (ou sa chaise n'était pas attachée). L'autre chose qui l'inquiétait, suspendu à l'envers comme ça, c'est qu'il ne verrait pas Eriel arriver. Il ne pourrait pas non plus le sentir.

Dès qu'il pensait à Eriel, le conteneur se déplaçait. Il craignait de tomber. Il voulait s'accrocher à quelque chose, mais il n'y avait rien d'autre que l'air. Il s'entoura de ses bras. Puis il sentit un mouvement. La chambre de verre tourna de cent quatre-vingts degrés dans le sens des aiguilles d'une montre. Sa tête s'est instantanément sentie mieux, plus claire, et il s'est mis en tête de sortir. Le plus tôt sera le mieux.

Mais il est trop tard, la chose se déplace, puis tourne encore de cent quatre-vingts degrés. Ce qui le ramène à son point de départ.

"Howdy, Doody", cria Eriel en appuyant son visage contre la vitre. Puis il frappa et chanta : "Laisse-moi entrer, laisse-moi entrer".

"Sortez-moi de là !" hurle E-Z.

"Calme-toi, roucoula Eriel. "Vous êtes ici par bonté de cœur. Je voulais vous dire personnellement que vos amis sont en danger."

"Tu veux dire PJ et Arden ? Eriel acquiesça. "Eh bien, je le sais déjà ! Espèce de gros bouffon !"

"Les bâtons et les pierres me briseront les os, mais les noms ne pourront jamais me blesser", a chanté Eriel.

"Si vous ne me sortez pas d'ici, tout de suite, je vous ferai plus de mal que des bâtons et des pierres !

Eriel tapota son doigt osseux contre son menton. Après tout, il était toujours à l'endroit, ce qui était un avantage par rapport à la perspective dans laquelle se trouvait E-Z.

"Je voulais que tu saches que même si tes amis sont en danger, tu ne dois pas t'inquiéter. Ils ne sont pas en danger en tant que super-héros." Il marqua une pause. "Mon petit doigt m'a dit que vous pensiez que nous essayions de vous faire passer un autre procès... et bien ce n'est pas le cas. Laissez-les au destin."

Qu'est-ce que tu veux dire par "ils ne sont pas en danger en tant que super-héros" ? hurle E-Z.

Eriel disparut et le récipient en verre tomba. Il s'agita, se stabilisa. Il tomba à nouveau. Cela continua encore et encore, jusqu'à ce qu'il soit certain que son crâne allait bientôt s'ouvrir comme un œuf sur le trottoir.

C'est alors qu'il aperçoit Alfred, sur le bord de la pelouse, en train de grignoter de l'herbe.

"Hé !" crie E-Z. "HEY !"

Alfred s'arrête de manger et s'approche en se dandinant. Il regarde son ami, suspendu à l'envers à l'intérieur d'une bulle de verre.

"Que faites-vous là-dedans ? demande le cygne trompette.

"Eriel ! s'exclame E-Z.

"C'est assez dit. Je vais aller réveiller Sam. J'espère qu'il saura quoi faire pour te sortir de là."

"Bonne idée et demandez-lui d'apporter ma chaise".

Pendant qu'il attendait, E-Z s'est maudit. Il avait manqué l'occasion d'exiger plus d'informations de la part d'Eriel. Il s'était comporté en victime. Il avait laissé tomber ses deux meilleurs amis.

Il a formulé un plan. Quand je sortirai d'ici, je trouverai Eriel et je l'obligerai à me dire comment sauver PJ et Arden. Je vais lui faire jurer qu'il ne me mettra plus jamais dans cette position.

Attendez une minute. Si PJ et Arden n'étaient pas en danger en tant que super-héros. Quel genre de danger étaient-ils ? Avaient-ils besoin d'être secourus ? Ou bien Doc Flannel avait-il raison de dire qu'ils s'en remettraient et qu'ils redeviendraient bientôt comme avant ?

Il n'aimait pas l'idée de "s'en remettre au destin". Il croyait que nous faisions notre propre destin, et ses deux amis étaient dans le coma. Ils ne pouvaient pas s'aider eux-mêmes, alors il allait les aider. Quoi qu'en dise Eriel.

Enfin, l'oncle Sam est sorti en brandissant un gros outil. "C'est un coupe-verre", dit-il. "Je savais qu'il me serait utile un jour lorsque je l'ai acheté en regardant l'une de ces publicités à la télévision. Ils disaient qu'il pouvait couper le verre comme du beurre. Voyons si c'était de la publicité mensongère". Il a découpé le fond. Lentement. Avec précaution.

"Hé, dépêchez-vous, j'étouffe ici ! Si le soleil se lève, je vais frire."

"Patience, mon cher, roucoule Alfred.

"J'y suis presque", dit Sam. Il était à genoux, avançant d'un pas, tandis que le cutter fendait le fond du conteneur. Pendant ce temps, les genoux de son pyjama trempaient dans la rosée de la pelouse. "Je suppose qu'Eriel a quelque chose à voir avec le fait que tu sois là-dedans ?

"Affirmatif.

Sam finit de couper et libère son neveu, puis l'aide à s'asseoir dans son fauteuil roulant.

"Merci Oncle Sam".

"Il n'y a pas de quoi. Maintenant, expliquez-nous, s'il vous plaît ?"

"Je suis trop fatiguée. Et je suis trop ennuyé pour expliquer. Est-ce qu'on peut faire ça demain matin ?"

Le soleil rougit à mesure qu'il s'élève à l'horizon.

Dans quelques heures, E-Z devra prendre des nouvelles de ses amis. Il espère qu'ils iront bien. Qu'ils soient revenus à la normale. Ainsi, il n'aurait plus à y penser. Si ce n'était pas le cas... s'ils ne l'étaient pas. Dans tous les cas, tout irait mieux une fois qu'il aurait dormi un peu.

"Je peux tout lui expliquer", propose Alfred.

"Qu'est-ce que tu en sais ? J'ai dû te crier dessus pour attirer ton attention."

"Oh, j'ai tout vu. Qu'est-ce que tu crois que je faisais ici ? J'attendais que tu demandes de l'aide. Je ne voulais pas interrompre ton temps Eriel."

"Interruption. Très drôle. D'accord, mettez-le au courant. Je vais aller faire un petit somme. Je suis trop fatigué pour réfléchir encore." Il se rendit à la maison en empruntant la rampe et se laissa tomber dans le lit, tout habillé.

E-Z a rêvé qu'il fêtait son septième anniversaire. Ses parents avaient loué le parc de jeux virtuels intérieur. Il avait invité douze enfants en tout, ils étaient donc treize et une équipe devait avoir un joueur supplémentaire. Comme c'était son jour, ils ont appelé les équipes et le dernier joueur choisi a rejoint son équipe. Ils se sont appelés les "Ball Breakers". L'autre équipe, dirigée par Kyle Marshall, s'appelait les Bat Shitz.

Vous ne pouvez pas utiliser ce nom", a répliqué l'équipe d'E-Z. "C'est presque un gros mot". "C'est presque un gros mot".

"Ah, réfléchissez encore", dit Marshall. "L'orthographe est Shitz. Nous portons le nom de ma chienne. C'est une Shitz-hu."

"Jouons", dit E-Z.

PJ et Arden étaient dans l'équipe de E-Z. L'équipe du trio de tornades a botté les fesses de l'équipe de Bat Shitz jusqu'à ce qu'ils soient tous trop fatigués pour bouger.

"Le repas est servi", annonce la mère d'E-Z. Les parents attendent dans le restaurant attenant. Les parents attendaient dans le restaurant attenant. Ils avaient commandé une multitude de pizzas, des seaux de boissons gazeuses et, enfin, un gâteau rempli de bougies.

Les enfants quittent la zone de jeu ensemble. Arden se rendit compte qu'il avait oublié sa casquette de base-ball.

"Je ne peux pas le laisser ! Je dois y retourner !"

"Nous venons avec vous", dit E-Z. "Donnez-moi une seconde pour le dire à ma mère."

"Je lui dirai", dit Kyle, qui se trouvait à proximité.

E-Z, PJ et Arden sont revenus sur leurs pas. Comme ils ne trouvaient pas la casquette, ils ont continué à marcher.

"Il doit être ici quelque part ! dit Arden.

"Je ne pensais pas que c'était aussi loin", a déclaré E-Z.

"Ces vautours vont manger toute la pizza avant que nous ne revenions", a déclaré PJ.

"Ne vous inquiétez pas, Mme Dickens va nous garder de la nourriture. Elle sait que nous ne serons pas longs."

Le couloir se prolongeait dans un autre bâtiment, un autre lieu. Devant eux se trouvait une énorme guillotine. Au sommet, au-dessus de la lame, se trouvait la casquette d'Arden. Sur la lame elle-même, il y avait un signe. Elle dégoulinait encore de peinture rouge, ou de sang. Elle disait : "La tête va ici."

"Sommes-nous en train de rêver ?" demande Arden. "Parce que je n'ai vraiment pas besoin de ma casquette de baseball à ce point."

"Écoutez. Des voix", dit E-Z.

Des chuchotements, très discrets, mais des murmures. D'abord une femme seule. Puis une autre s'est jointe à elle, pour un duo. Puis une autre s'est jointe à elle pour former un trio. Les chuchotements se sont transformés en chant.

"Je n'arrive pas à distinguer les mots", dit PJ.

"Chut, dit E-Z en portant son doigt à ses lèvres.

Les voix chantent,

"B-link et tu es mort.

Un lien B et vous êtes mort.

B-link and you're dead, B-link and you're dead", sur l'air de Happy Birthday to you.

"C'est effrayant !" dit PJ.

"Retournons", dit Arden, alors que la porte par laquelle ils étaient entrés se referme et que des bruits de pas résonnent dans le couloir.

Les bruits de pas s'amplifient.

CLANK. CLANK. CLANK.

Cotte de mailles. S'approchent. Des pieds bottés. Un soldat. Un personnage très grand, encapuchonné. Il porte un objet en argent : un aiguiseur de couteaux.

Arrivé au pied de la guillotine, le personnage encapuchonné sort une plume de sa poche. Il l'a posée contre la lame. Elle la traversa comme du beurre. Il continua néanmoins à l'aiguiser. Tout en aiguisant la lame, il fredonnait sous sa respiration, comme s'il aimait son travail.

"Comme si la lame de la guillotine n'était pas assez tranchante ! chuchote PJ. "Sortez-moi d'ici !"

Arden se précipita vers la porte et commença à la marteler. "E-Z, tu dois nous sortir de là ! Tu dois nous aider ! S'il te plaît, aide-nous !"

CHARGEMENT DU MESSAGE.

Les visages de PJ et d'Arden apparaissent à l'écran. Ils ont dit deux mots :

"PRÉVENEZ-LES".

E-Z se réveille en entendant l'oncle Sam frapper du poing sur la porte de sa chambre. "Lève-toi E-Z, on ne trouve pas Lia !"

Maintenant qu'il était réveillé, il réalisait qu'elle avait essayé de le contacter. Pour le mettre au courant. Il vérifia son téléphone. Un message avec une mise à jour.

"C'est bon, dit E-Z, elle est avec PJ. Dis à Samantha qu'elle va bien. Je dois bientôt aller les voir, lui et Arden. Où est Alfred ?"

"Il est dans le jardin", dit Sam. "Voulez-vous un petit déjeuner avant de partir ?"

"Un sandwich au fromage grillé ferait l'affaire. Merci."

Tout en s'habillant, E-Z pense à son rêve. Les gars lui parlaient, par le biais d'un événement commun qu'ils avaient partagé à l'âge de sept ans. Il devait comprendre de quoi il s'agissait. Les avertir ? Réchauffer qui exactement ? C'était un indice certain, mais qui voulaient-ils qu'il prévienne au juste ?

Oui, il était certain qu'ils essayaient de lui dire quelque chose, mais quoi exactement ? Une fois de plus, il soupçonnait sournoisement que cela avait un rapport avec Eriel.

Il s'est d'abord rendu chez Arden, et le pauvre homme était comme avant zombifié dans son lit. Un médecin était à ses côtés lorsque E-Z et Alfred sont entrés.

"Quel est le diagnostic ? demande E-Z.

"D'abord, sortez cette volaille d'ici", s'exclame le médecin.

Alfred Hoo-hoo a protesté puis s'est éloigné en se dandinant. Dehors, il mangea un peu d'herbe et se nettoya les plumes.

Le médecin a regardé M. et Mme Lester : "Que voulez-vous que cet enfant sache ?"

"Voici E-Z, c'est l'un des meilleurs amis d'Arden."

"Je sais qui il est, je l'ai vu à la télévision en train de sauver des gens.

E-Z ne savait pas quoi dire et n'a rien dit, mais il n'aimait pas l'attitude de ce médecin.

"Arden est dans le coma."

"Oui, c'est ce que je pensais. Oh, quand va-t-il s'en sortir ? Le Dr Flannel de la maison de retraite - où PJ est dans le même état - a dit qu'il reviendrait bientôt à la normale."

"Je n'en sais rien. Son corps le protège de quelque chose, il se réveillera quand il sera en état de le faire. En attendant, je suggère que quelqu'un soit à ses côtés vingt-quatre heures sur vingt-quatre." Puis il s'adresse aux Lester : "Il vaudrait mieux que vous travailliez tous les deux à l'embauche d'une infirmière. Je peux vous recommander quelqu'un. Si vous pouvez travailler à domicile, ce serait mieux. Je reviendrai vous voir dans quelques jours."

"Dans quelques jours", a répété M. Lester.

Mme Lester conduit le médecin hors de la maison.

E-Z a suivi. "Si je peux aider, faire une garde à ses côtés, n'hésitez pas à demander. Je vais chez PJ maintenant. Lia y est déjà, et elle m'a dit qu'il était le même."

"Tenez-nous au courant et transmettez nos amitiés à la famille de PJ."

"Je le ferai", dit E-Z, alors qu'Alfred et lui sont réunis. Ils décollèrent tous deux du sol et s'envolèrent vers la maison de PJ.

Alors qu'ils volent côte à côte, Alfred dit : "Je n'aimais pas beaucoup ce médecin. Quand une personne n'est pas gentille avec les animaux... je ne lui fais pas confiance".

"Je vous comprends, mais il ne faisait que son travail."

"Nous, les cygnes, n'avons pas causé de peste ou... peu importe. J'ai oublié la grippe aviaire, mais c'est arrivé à cause des humains."

Ils atterrissent chez PJ, où Lia les attend, la porte ouverte.

"Comment ça se passe entre vous deux ? demande-t-elle.

"Très bien", dit Alfred.

"Ah, il est un peu fâché parce que le médecin d'Arden l'a jeté hors de la pièce, mais je vais bien, merci. Et vous ?"

"Je vais bien, mais les parents de PJ perdent la tête et il n'y a aucun signe de rétablissement."

"Ont-ils rappelé le médecin ?" demande Alfred.

"Il leur a donné de l'espoir, mais rien d'autre, surtout qu'il s'en sortirait. Mais j'ai peur qu'il se trompe." Elle marqua une pause, rougissant un peu.

"Oh, encore une chose, quand je lui tenais la main". Elle les regarde tous les deux. "Il, je ne sais pas si je l'ai imaginé ou s'il l'a vraiment fait, mais j'ai cru qu'il l'avait serrée."

"Euh, merci de rester avec lui. Nous devrions nous relayer auprès de ses parents, pour que personne ne soit trop fatigué. Tu peux rentrer chez toi maintenant et passer un peu de temps avec ta mère. Elle doit se poser des questions sur toi." Il n'était pas question qu'il mentionne le fait de se tenir la main.

"Je partirai en même temps que toi", dit Lia en se dirigeant vers la chambre de PJs.

Alfred, Lia et E-Z sont maintenant seuls avec PJ.

"J'ai fait un rêve étrange la nuit dernière. PJ, Arden et moi étions à mon septième anniversaire, mais les choses ne se passaient pas comme à l'époque. Ils essayaient de communiquer avec moi à travers un événement que nous avons partagé, mais je ne suis pas sûr de ce qu'ils essayaient de dire."

"Racontez-nous le rêve", dit Alfred. "Et n'oublie rien."

"Oui, dites-le nous et nous verrons si nous pouvons vous aider à l'interpréter.

"Eh bien, tout a commencé normalement. Tout s'est déroulé comme prévu ce jour-là, jusqu'à ce qu'Arden oublie sa casquette de base-ball et que nous retournions tous les trois la chercher."

"Alors, il n'a pas perdu sa casquette de base-ball à la vraie fête ?"

"Non, il ne l'a pas fait. En fait, il était tellement obsédé par cette casquette que nous le taquinions souvent en lui disant qu'elle était collée à sa tête. C'était donc une partie importante du rêve. Nous retournions à l'aire de jeu et le couloir semblait beaucoup plus long que lorsque nous l'avions quitté.

Nous avons marché longtemps. Nous bavardions comme nous avions l'habitude de le faire. Nous ne nous en sommes pas rendu compte au début, mais nous marchions depuis un bon moment. Arden a envisagé de laisser la casquette là où elle était parce qu'il fallait beaucoup de temps pour y arriver, mais nous avons décidé d'aller la chercher. Il a dit que la casquette avait une valeur sentimentale pour lui".

"Intéressant", dit Lia. "Savez-vous pourquoi il aimait tant la casquette ?

"Il le portait tout le temps parce qu'il aimait l'équipe. Je n'ai jamais su qu'il y avait un attachement sentimental dans la vie réelle autre que celui de l'équipe elle-même. Et dans le rêve, à ce moment-là, pas avant qu'il ne le dise. Le couloir s'est alors agrandi et nous nous sommes retrouvés dans une grande pièce aérée, comme un auditorium. Au centre de la pièce se trouvait une énorme guillotine".

"Quoi ! Comme c'est étrange !" dit Alfred.

"C'est un peu effrayant", a déclaré Lia.

"Mais ce n'est pas tout. En haut, au-dessus de la lame, il y avait la casquette d'Arden et, en dessous, un panneau qui disait : "La tête va ici : La tête va ici."

Lia et Alfred ont sursauté.

"Arden a dit qu'il n'aimait plus trop le chapeau. C'est alors que la nuit est tombée et que nous avons entendu des pas lourds se diriger vers nous. Des bottes. Des cliquetis de chaînes ou d'armures. Puis les lumières se sont rallumées et un type est entré avec une capuche sur la tête. Il est allé vers la guillotine et a aiguisé ses couteaux, l'un après l'autre."

"Et après ?" demande Alfred.

"Puis un écran d'ordinateur s'est affiché, indiquant LOADING, et une image d'eux deux est apparue. Ils ont dit deux mots :

"PRÉVENEZ-LES".

"Et après ?" demande encore Alfred.

"Puis l'oncle Sam m'a réveillé et m'a demandé si je savais où était Lia".

"Il n'y a pas grand-chose à dire", dit Lia, "A-t-il aimé cette casquette ? Et qui doit être averti ?"

"L'équipe préférée d'Arden était et reste les Boston Red Sox. La casquette était un cadeau pour lui - authentique - il ne la laisserait jamais derrière lui, quoi qu'il arrive. Pourtant, il a envisagé de la laisser dans le rêve au moins deux fois".

"Mais il n'était pas assez enthousiaste pour mettre sa tête dans la guillotine pour l'obtenir", a déclaré Alfred.

"Qui le serait ?" demande Lia.

"J'aimerais qu'on puisse utiliser l'ordinateur d'Arden. Je parie qu'il y a un indice dessus. Je parie qu'il a un dossier, quelque chose de caché que je pourrais trouver. Peut-être que c'est de ça que parlait le rêve. Et pourquoi il m'a donné l'indice."

Lia a cherché sur Internet la signification d'un rêve avec une guillotine dans son téléphone. "Il est dit que cela représente la peur ou l'anxiété. Le fait d'être mis à l'écart ou embarrassé par quelque chose."

"Je crois que j'ai une idée", dit E-Z en faisant défiler sa liste de contacts sur son téléphone.

"Attendez une minute", dit Alfred, "appelez Sam".

"Tu as raison, je devrais peut-être lui en parler d'abord." Il a appelé Sam en urgence et lui a expliqué la situation. Sam a dit qu'il venait tout de suite chez Arden et qu'il fallait l'y retrouver.

"Tout va bien ici ?" demande la mère de PJ. "Tu veux un verre ou autre chose ?

"Non merci, mais l'oncle Sam va chez Arden et nous allons le rejoindre là-bas. Nous jetterons un coup d'œil à l'ordinateur d'Arden, pour découvrir la dernière chose qu'il était en train de faire. Dommage que l'ordinateur de PJ soit hors d'usage."

"C'est une idée intelligente. Nous avons entendu dire que les parents d'Arden ont aussi fait appel à un médecin, a-t-il été d'une quelconque aide ?"

"Non, il ne l'était pas."

"Nous vous tiendrons au courant si nous apprenons quelque chose", a dit Lia en touchant le front de PJ.

La mère de PJ a dit : "Tu es une bonne fille". Puis elle a quitté la pièce, luttant contre ses larmes.

Lorsqu'ils sont arrivés chez Arden, Sam les attendait à l'extérieur. Il avait son ordinateur portable, un sac rempli d'outils informatiques et d'autres objets.

Ils sont entrés ensemble à l'intérieur où Sam a installé son propre ordinateur à proximité, un portable, qu'il a branché de l'autre côté de la pièce, puis il a jeté un coup d'œil à l'installation d'Arden. L'ordinateur était branché directement sur la prise murale. Sans barre d'alimentation de protection pour les surtensions insoupçonnées. Heureusement qu'il en avait toujours une dans son sac.

Après avoir fixé la barre d'alimentation de sécurité, il y a branché l'ordinateur d'Arden. Ils ont attendu - et rien ne s'est passé. Prenant cela comme un bon signe, il a cliqué sur le bouton d'alimentation et l'ordinateur d'Arden s'est mis à fonctionner. Un mot de passe était requis. Un mot de passe qu'aucun d'entre eux ne connaissait.

"Des suppositions ?" demande Sam.

E-Z a tapé Boston Red Sox. Il a essayé le deuxième prénom d'Arden, Daniel. Rien de bon.

"Essayez la guillotine", suggère Alfred.

"Bingo ! dit E-Z. Il ne lui reste plus qu'à faire des recherches dans l'historique.

"Laissez-moi faire", dit Sam en cliquant sur les paramètres, à la recherche de quelque chose d'inhabituel. Il n'y avait rien d'extraordinaire.

"Quelle est la dernière chose qu'il a faite ? Jouait-il à un jeu ?" demande E-Z.

Comme Sam l'a constaté en cliquant, la barre de surtension sans surtension a pris feu. L'oncle Sam s'est précipité pour éteindre le feu, et lorsqu'il est revenu, E-Z l'avait déjà étouffé avec une couverture. "Bonne idée", a-t-il dit.

"J'espère que la mère d'Arden le pense aussi !"

"Attrapez le disque dur !" dit Sam, ce qu'il fit avant qu'il ne soit grillé. "Maintenant, on prend ça avec nous, et on voit ce qu'on peut voir."

CHAPITRE SEPT

DISCUSSION

A LORS QU'ILS RENTRENT CHEZ eux, E-Z pense encore au message "Avertissez-les". Était-ce plus qu'un rêve ?

"Je m'interroge", dit-il.

"A propos de quoi ?" demande Sam.

E-Z a expliqué son rêve et le message, puis a ajouté sa nouvelle idée pour voir ce qu'ils en pensaient.

"PJ et Arden ont mis en place un système sur le site web pour que nous puissions faire des podcasts à l'avenir. Je me demande si je devrais l'utiliser, une fois que nous aurons trouvé qui prévenir. Nous pourrions certainement toucher beaucoup de monde."

"C'est une idée brillante ! Sam : "Mais ne devrions-nous pas nous constituer un public dès maintenant ? Ainsi, lorsque nous serons prêts à transmettre l'avertissement, nous aurons déjà quelques abonnés ?"

"Que dirais-je ?"

"Réfléchissons-y", dit Lia. "Et nous serons à tes côtés".

"Je suis d'accord pour faire une partie de la conversation".

Arrivés à la maison, ils entrent à l'intérieur.

CHAPITRE HUIT

BRANDY LIVES

Lᴏʀsᴏᴜ'ᴇʟʟᴇ ʟ'ᴀ ᴠᴜ ᴘᴏᴜʀ la première fois, c'est la musique qu'ils avaient en commun. Elle jouait du piano, mieux que la moyenne mais pas exceptionnellement bien. Son professeur de musique disait qu'elle avait un don naturel - quoi que cela veuille dire. Mais elle ne pouvait jouer que des chansons qui avaient une signification pour elle. Elle s'en souvenait alors et pouvait les jouer immédiatement. Cependant, le fait de la forcer à jouer quelque chose qu'elle n'aime pas lui fait détester les cours.

Elle s'est accrochée. Elle s'est forcée même quand elle détestait ça. Elle espérait pouvoir faire semblant d'entrer dans la fanfare de l'école.

Ses parents voulaient quelque chose à montrer pour toutes les leçons qu'ils avaient payées. Ils ont insisté pour qu'elle fasse partie de l'orchestre, afin de s'impliquer davantage dans les activités scolaires.

"Cela fera bien sur ton dossier d'inscription à l'université", lui a dit son père.

"Essayez de faire de votre mieux, c'est tout ce que nous vous demandons. Fais de ton mieux", lui dit sa mère.

Cependant, les auditions du lycée de cette année étaient remplies d'enfants talentueux. Un batteur doué était déjà sur scène lorsqu'elle est entrée dans l'auditorium.

Les paumes moites et le cœur battant, elle avance dans la file d'attente. Une file d'élèves et de professeurs qui applaudissent et tapent du pied. Elle sent le sol vibrer à chaque battement.

Comme un robot, elle a continué à marcher le long du bord de l'auditorium, jusqu'à ce qu'elle soit aussi proche de la scène que possible.

Maintenant, elle s'est faufilée par la porte, est allée dans les coulisses. Elle s'est tenue debout avec les autres artistes sur le pont et a applaudi comme si elle avait toujours été là.

C'était un plan brillant. Tout le monde était tellement impliqué dans son audition qu'ils n'avaient même pas remarqué qu'elle avait coupé la file d'attente.

"Qui est-ce ?" murmure-t-elle à la fille qui la précède dans la file d'attente.

"Shhhhh !", répondent les autres artistes en attente.

Il joue du tambour, vêtu d'un jean, ses cheveux blonds se balançant et rebondissant. Puis il s'est penché plus près du micro et sa voix profonde et mélodieuse s'est jointe au rythme.

Elle s'est approchée un peu plus et a remarqué une démangeaison qui n'existait pas auparavant. Sur ses paumes, ses bras, ses jambes. Elle se gratta et ne trouva aucun soulagement. En fait, la situation s'est aggravée et bientôt, elle a eu l'impression que sa peau était en feu. Puis sa respiration s'est détériorée et son rythme cardiaque s'est ralenti.

"Calme-toi", murmure-t-elle à voix haute et dans sa tête.

C'est la dernière chose dont elle se souvienne avant de se réveiller dans un véhicule en marche.

CHAPITRE NEUF

A PROPOS DE BRANDY

L E VÉHICULE ROULAIT à vive allure sur l'autoroute. Elle était sur le siège arrière. Dans quelle voiture était-elle ? Ce n'était pas un véhicule qu'elle reconnaissait.

Elle tenta de se redresser, mais sa tête lui faisait mal, comme si un train s'y engouffrait. Elle ferma les yeux un instant et écouta, essayant de comprendre comment elle était arrivée là. La voiture elle-même avait une drôle d'odeur, à la fois neuve et ancienne.

PFFT.

La bouche d'aération dégage une odeur qui lui donne des haut-le-cœur et la fait vomir.

"Hé, regardez l'intérieur", dit une voix masculine. "C'est du cuir, du vrai." Son téléphone a sonné et il y a répondu par l'intermédiaire d'un microphone situé dans la visière. "Oui, nous arrivons bientôt", dit-il. Il s'est déconnecté et a mis la radio en marche.

Ses mains sont attachées, non pas derrière elle comme elle l'a vu dans les films, mais devant elle, juste au-dessus de la ceinture de sécurité bouclée. "Je veux rentrer chez moi !

"Bientôt", répond la voix masculine sur le refrain d'un air de Drake.

Après avoir voyagé pendant ce qu'elle pensait être une trentaine de minutes, il s'est arrêté dans une station-service. Il l'a enfermée à l'intérieur, puis a claqué la porte derrière lui et l'a abandonnée sans dire un mot.

Elle regarda par la fenêtre en essayant de ne pas vomir à nouveau. Son ravisseur ou kidnappeur, quel qu'il soit, était entré à l'intérieur. Elle espérait qu'il ne s'agissait pas d'un kidnappeur ayant l'intention de demander une rançon. Ses parents n'avaient pas d'argent pour payer son retour. Elle se concentra sur le moment présent, remarquant que les portes n'avaient pas de poignées et que les boutons pour ouvrir la fenêtre ne fonctionnaient pas.

De l'autre côté de la voiture qui fait le plein, elle voit un homme.

"HELP !" cria-t-elle, donnant tout ce qu'elle avait. Sachant que c'est peut-être sa seule chance.

Comme il ne répondait pas, elle frappa de ses poings liés les vitres fermées. Il était difficile d'émettre le moindre son dans ce bocal à poisson qu'était la voiture. Elle jeta un coup d'œil en arrière et son ravisseur retourna à la voiture en emportant une canette de boisson gazeuse et deux barres chocolatées. Lorsqu'il s'est installé au volant, il lui a lancé une barre chocolatée par-dessus son épaule. Elle ne pouvait pas l'attraper, elle détestait ce genre de barre, sans compter qu'elle venait de vomir.

"J'ai soif", dit-elle.

"Qu'est-ce que tu veux ?", a-t-il demandé, avant d'entrer et de ressortir presque aussitôt avec une bouteille d'eau.

Il a détaché le bouchon et l'a mis dans ses mains. Bien qu'elles soient attachées, elle a pu, après quelques tentatives, introduire un peu d'eau dans sa bouche. Le devant de son t-shirt dégoulinait d'eau. Cela ne la dérangeait pas, car l'eau faisait disparaître l'odeur de barbe.

"Merci", dit-elle.

Quelques instants plus tard, ils étaient de nouveau sur l'autoroute. Il a accéléré, s'est engagé sur la voie rapide et la ceinture de sécurité de la jeune femme s'est détachée. Elle s'est retrouvée à l'arrière de la voiture, comme un dé qui roule sans direction.

L'homme lui dit : "Arrête ça, espèce de folle !", alors qu'elle tente de refixer la ceinture de sécurité avec les mains attachées.

Le conducteur a changé de voie de manière imprudente et les autres conducteurs ont freiné pour l'éviter. Les autres conducteurs ont freiné pour ne pas le croiser. Puis il s'est dirigé vers la bretelle de sortie. Il a freiné, s'est arrêté. Il est sorti du siège avant et a ouvert la porte arrière.

Elle était prête, les pieds pointés vers lui, et l'a frappé de toutes ses forces dans un grand coup de pied des deux pieds. Il tomba au sol et elle sortit de la voiture, courant à toute allure lorsqu'une voiture la percuta, puis une autre, puis encore une autre.

Il est remonté dans la voiture et a démarré en trombe.

"Stupide fille !" s'exclame-t-il.

CHAPITRE DIX

LE BRANDY SE SOUVIENT

"C'EST ENCORE ARRIVé, N'EST-CE pas ? demande sa mère en aidant Brandy à sortir de son caddie. "Qu'est-ce qui s'est passé cette fois-ci ?

"Désolée, maman", dit l'adolescente en se penchant pour attacher sa chaussure. Ses mains se sentaient si bien, maintenant qu'elles n'étaient plus attachées.

Sa mère s'est penchée et a chuchoté : "C'était la même chose que les autres fois ? Tu t'es évanouie ?"

Elle se lève et jette un coup d'œil vers la porte.

"Dis-moi", dit sa mère en déplaçant sa fille devant elle pour qu'elles soient proches et que personne d'autre ne puisse l'entendre. D'ailleurs, il n'y avait personne d'autre dans leur allée.

"J'étais à l'école, lors des auditions. Un garçon jouait seul à la batterie et chantait. Il était vraiment excellent.

"Et rêveuse aussi, je suppose ?", demande sa mère.

Elle sent ses joues devenir brûlantes. "Mon cœur s'est accéléré, mes paumes sont devenues moites et je me suis sentie bizarre. L'instant d'après, j'étais attachée à l'arrière d'un véhicule en marche !"

"Attaché ? Dans une voiture ? La voiture de qui ? Qui conduisait ? Où alliez-vous ?"

"Je n'ai pas reconnu la voiture, ni le conducteur. Il parlait à quelqu'un, en utilisant un de ces microphones à main libre. Il conduisait bien jusqu'à ce qu'il prenne l'autoroute. Il a alors conduit comme un fou et j'ai fait comme si la ceinture de sécurité s'était détachée. Lorsqu'il a quitté la route et s'est arrêté, je lui ai donné un coup de pied si fort qu'il est tombé et j'ai pris la fuite".

"Dieu merci, tu t'en es sorti. Quelqu'un s'est-il arrêté pour t'aider ? J'espère que vous avez son numéro, pour que je puisse l'appeler et le remercier."

Brandy n'a pas parlé, parce qu'elle se souvenait des voitures, un, deux, trois, qui l'ont percutée, et elle est morte. Encore une fois. Et elle s'est retrouvée à l'épicerie avec sa mère, encore une fois.

"Parlez-moi", dit la mère de Brandy.

"Je suis morte, encore une fois, dit Brandy, et j'ai atterri ici. Encore une fois."

Elle s'est assise par terre, ou plutôt ses genoux ont faibli et elle s'est laissée tomber à genoux. Sa mère a suivi, comme un domino.

Ils se sont assis ensemble, se tenant la main sans parler.

CHAPITRE ONZE

BRANDY ALORS

"D épêche-toi, Brandy !", c'est ce que sa mère lui a dit la dernière fois. La dernière fois que sa fille unique était morte - et ressuscitée.

Lorsque la plupart des parents devaient se rendre à l'épicerie avec leurs enfants, ils ne pouvaient pas sortir assez vite.

Brandy n'était pas une de ces enfants. Elle préférait les magasins aux parcs, aux sports - à la plupart des activités. L'emmener faire du shopping était le seul moyen de la faire sortir de la maison.

Ce n'était pas entièrement la faute de Brandy. Elle est née avec une maladie cardiaque rare. Un problème dont on disait qu'il disparaîtrait avec l'âge. Alors, courir et jouer avec les autres enfants n'était pas une option pour elle.

Elle avait donc appris à aimer le centre commercial, mais ce qu'elle aimait par-dessus tout, c'était l'épicerie. Et les choses étaient toujours assez calmes dans les rayons alimentaires. Sauf une fois où ils distribuaient des DVD gratuits. Brandy était tellement excitée qu'elle n'arrivait plus à respirer et il a fallu l'emmener d'urgence à l'hôpital.

Elle avait alors trois ans.

CHAPITRE DOUZE

BRANDY NOW

MAINTENANT QUE SA FILLE a quatorze ans, cela semble se produire de moins en moins. Pourtant, elle se demande ce qui se passera lorsqu'elle sera trop grande pour tenir dans le chariot d'épicerie.

"Pourquoi ici, à ton avis ? La mère de Brandy a demandé : "Pourquoi toujours toi et moi seulement et ici ?"

"Je ne sais pas maman, mais je sais une chose. Je veux faire des courses. Je veux acheter de la nourriture et des boissons et je m'en vais. Tu restes ici si tu veux, je reviens dans une minute. Tiens, joue au Solitaire sur ton téléphone. Ça te calmera les nerfs et le shopping calmera les miens."

La femme s'est assise par terre, tandis que les chariots allaient et venaient, concentrant toute son attention sur le jeu de Solitaire. Sa fille la connaissait si bien. Pourtant, ce qu'elle essayait de ne pas faire, c'était de savoir ce qu'elle devait dire à son mari, ou si elle devait lui en dire peu. Elle ne lui avait rien dit la dernière fois, lorsque sa fille était morte, ni la fois précédente, ni la fois d'avant. Elle lui avait seulement dit qu'ils étaient allés faire des courses et que cela avait été stressant.

"Je suis prête", avait dit Brandy, cette fois où elle était une petite fille aux bras chargés de céréales et de tartes.

Ils se sont alors dirigés vers la file d'attente des caisses en libre-service.

"Laisse-moi faire, maman !"

C'est ce que Brandy disait toujours. Elle adorait regarder la personne qui passait à la caisse scanner chaque objet. Et que Dieu leur vienne en aide si le scan était erroné.

Brandy et sa mère, qui ont terminé leur journée, retournent à la voiture. Brandy s'est assise à l'avant et a bouclé sa ceinture. Elles prirent la route, ne s'arrêtant que brièvement au drive-in pour acheter deux sundaes au caramel.

"Nous avons fait d'excellentes affaires aujourd'hui", a dit Brandy à l'époque et elle le répète aujourd'hui.

"Je sais que tu aimes, mais j'aimerais en savoir plus sur ton incident d'aujourd'hui. Vous souvenez-vous de quelque chose d'autre à propos de ce qui s'est passé ? Tu as dû être terrifiée, toute seule dans une voiture avec un inconnu ? Ce que je ne comprends pas, c'est comment ces choses arrivent. Cette fois-ci était-elle différente des autres ? Tu as dit qu'une minute tu étais à l'audition de l'orchestre de l'école et que la suivante tu étais dans une voiture ?"

"Oui, j'attendais mon tour pour jouer, avec les autres élèves. Nous écoutions tous un garçon à la batterie. Il était incroyable, il chantait et jouait. J'approchais de la tête de la file quand, ZAP, j'ai disparu."

"Oh, je n'aime pas le son de ce ZAP."

"C'est comme ça que ça s'est passé maman. D'abord mes mains m'ont démangé, puis mes jambes, mes bras."

"Tu ne m'as pas parlé des démangeaisons avant ?"

"Cela arrive. D'habitude, je me calme. Cette fois-ci, rien n'a marché et, eh bien, vous savez, le mot en Z."

"Je dois demander, mais pensez-vous que cela s'est produit parce que vous vouliez éviter l'audition ? Je veux dire, passer l'audition vous-même. Ce n'est pas quelque chose que vous avez envie de faire."

Brandy tambourine ses doigts sur le bras de la porte. "Je ne monterais pas dans une voiture avec un inconnu pour éviter une audition", dit-elle.

"Très bien, ma chérie", dit sa mère en pleurant. Elle avait dit ce qu'il ne fallait pas, encore une fois. Elle disait toujours ce qu'il ne fallait pas dire lorsqu'il s'agissait des aventures de sa fille... comment dire ? Les aventures de voyage de sa fille.

"C'est bon, maman".

Ils roulèrent en silence pendant un certain temps. C'était un silence confortable.

"Je veux savoir comment t'aider", dit la mère de Brandy. "Pour la prochaine fois..."

"Je sais que tu le fais maman, mais tu n'es pas là quand ça arrive. Je dois être capable de m'en occuper moi-même."

"Y a-t-il une chose qui se produit toujours - avant que vous ne disparaissiez ?

"J'aimerais me souvenir, maman, mais comme la dernière fois, je ne m'en souviens pas". Elle regarde par la fenêtre, puis croise les bras.

"Eh bien, quand nous serons à la maison, tu pourras t'entraîner. Tu seras encore mieux préparée pour ton audition de demain."

"C'était une audition d'un jour seulement. Je n'ai donc aucune chance cette année. En plus, papa n'aime pas que je m'entraîne, surtout quand il travaille à la maison. Il dit que ça lui donne mal à la tête".

"Papa ne veut pas dire ça comme ça", dit-elle. "Je lui parlerai. Après tout, tu veux jouer du piano comme métier, n'est-ce pas ? Je veux dire un jour, quand tu auras ton diplôme. Et j'appellerai ton professeur pour lui demander de faire une exception à la règle".

"J'aimerais bien savoir comment s'est déroulée cette conversation", dit-elle en riant. "Bonjour, M. Hopper, je suis la mère de Brandy, et ma fille, eh bien, elle a voyagé dans le temps pour entrer dans une voiture qui roulait à toute allure avec un étranger, puis elle est morte. Alors, est-ce qu'elle pourrait auditionner pour vous demain ?"

"C'est cruel", dit sa mère. "Tu as changé d'avis, tu ne veux plus faire carrière dans la musique ? Ils font sûrement des exceptions pour les étudiants tout le temps ?"

"Peut-être que oui, mais ça ne me dérange pas. Que je l'aie raté. Il y a toujours la prochaine année. D'ailleurs, j'aimerais bien faire du shopping, je crois que c'est pour ça que je reviens toujours à l'épicerie, ou au magasin de vêtements. Tu te souviens de cette fois-là ?"

Sa mère acquiesce.

"Après un acheteur, un pianiste, puis un professeur", dit l'adolescente en décroisant les bras et en se rongeant les ongles.

Sa mère lui jette un coup d'œil : "Ne fais pas ça, ma chérie. Se ronger les ongles n'est pas hygiénique". Brandy s'assoit sur ses mains. "Dans cet ordre ?" dit sa mère en riant.

"Peut-être en marche arrière", grince Brandy en s'engageant dans l'allée. "Papa n'est pas encore rentré".

Elle a utilisé l'ouvre-porte automatique du garage sans répondre à sa fille. Oui, son mari était encore en retard. Il rentrait de plus en plus tard tous les soirs. Il disait que le travail le retenait, lui faisant faire des heures supplémentaires sans les payer. Elle détestait qu'il ne rentre jamais à la maison pour voir Brandy avant qu'elle n'aille se coucher. Au moins, ils avaient préparé un goûter. Elle préparait le dîner pour Brandy et l'installait dans sa chambre. Ainsi, elle et son mari pourraient dîner ensemble. Ce serait une belle soirée, rien que tous les deux.

"Prenez les sacs", dit-elle.

"D'accord, maman", répond Brandy en entrant.

CHAPITRE TREIZE

L'OUTBACK

LE GARÇON DE L'OUTBACK, dans le nord de l'Australie, vivait dans une boîte. Il avait douze ans lorsqu'ils l'ont trouvé. Son corps était malformé car il était assis avec le dos voûté et les genoux relevés - comme dans une boîte. Même lorsqu'ils l'ont ouvert et l'ont laissé sortir.

Il ne pouvait pas parler, ou il ne voulait pas parler. Jusqu'à ce qu'il reprenne confiance. Puis il s'étira et son corps se détendit.

Il préférait les voix calmes, les chuchotements. Les choses bruyantes, les sons forts, quels qu'ils soient, l'effrayaient. Il tremblait et se refermait sur lui-même. Il cherchait et réclamait une "boîte".

Ils l'ont gardé là, dans le coin. Jusqu'à ce que les gens de Sydney disent qu'il n'irait jamais mieux s'il n'était pas détruit.

Il les a aidés à le faire, avec une masse presque aussi grosse que lui. Lorsqu'elle a été brisée en petits morceaux, ses yeux se sont retournés dans sa tête et il est parti. Parti. Quelque part dans son esprit. Inatteignable.

Personne ne savait qui il était. Ou à qui il appartenait. Quel genre de parents enfermerait son enfant dans une boîte, comme un animal ?

Pourtant, il n'avait pas été affamé. Pas de nourriture en tout cas. Et il n'était pas déshydraté.

Ce qui signifiait que quelqu'un se trouvait à proximité. Ils ont attendu, rangers, officiers, qu'ils reviennent - mais ils ne sont pas revenus. Ils devaient donc savoir que la boîte dans la boîte était sortie.

Une équipe de psychologues a installé des caméras dans la maison, afin de pouvoir surveiller le garçon à distance depuis Sydney.

D'autres, venus du monde entier, voulaient "participer" à l'observation du garçon. Certains rédigeaient des thèses sur la maltraitance des enfants, sur la négligence. Ils se sont battus pour être en tête de liste.

Le garçon se balançait d'avant en arrière sans dire un mot. "Boîte !" avait été son seul effort. Mais il savait ce qui se passait. Il les entendait chuchoter. Des millionnaires qui voulaient l'adopter. Il n'allait nulle part. Il restait sur place. C'était sa maison.

Le garçon, qui n'avait jamais dormi dans un lit auparavant - ou s'il l'avait fait, il ne s'en souvenait pas

- ne voulait pas dormir dans un lit maintenant. Au lieu de cela, il s'est roulé en boule et a dormi dans un coin, sur le sol. Il n'avait que faire de l'oreiller et de la couverture qu'on lui avait laissés. Ces objets de luxe sont restés intacts.

Pendant qu'ils décidaient de ce qu'ils allaient faire de lui, une sœur a été nommée. En Australie, les sœurs sont également appelées infirmières. Dans certains cas, une sœur est aussi une nonne. Une sœur qui est infirmière peut aussi être un frère. Si cette sœur/infirmière était un homme.

La sœur/infirmière du garçon était une gentille dame qui portait toujours ses cheveux en chignon. Elle portait un uniforme blanc et des chaussures assorties qui grinçaient à chacun de ses pas.

La première fois qu'elle a essayé de lui mettre une couverture, il a crié comme s'il avait été attaqué par un nuage en colère.

"Là, là", dit la sœur. Elle frissonna, puis souleva la couverture. Elle la jeta autour de ses épaules et le garçon sursauta.

"C'est doux", dit-elle.

Elle s'y est blottie. Elle l'a senti.

"C'est très doux et chaud", dit-elle en roucoulant.

Le garçon tendit la main et toucha le bord de la couverture. Il l'a caressé, comme s'il était encore sur le mouton d'où il venait.

"Ça te plairait ?" demande la sœur.

Il a refusé pendant deux jours, puis l'a autorisée à le mettre autour de ses épaules. Ensuite, il a dormi avec, comme s'il s'agissait d'un être vivant. Il l'a bercé comme un bébé, lui a chuchoté des mots. À la fin, il s'est senti à l'aise avec lui et n'a pas laissé la sœur le prendre ou le laver.

Le quatrième matin de la liberté du garçon, des animaux ont commencé à se rassembler à l'extérieur, sur la pelouse de la propriété. Une femelle kangourou arriva d'abord. Elle a sauté jusqu'au bas des marches du porche, puis s'est assise sur ses fesses et a surveillé la porte. Ensuite, un émeu est arrivé et a fait de même. Viennent ensuite une pie, un cacatoès et un galah. Les oiseaux chantaient à tour de rôle et leurs voix semblaient appeler le garçon à sortir. Auparavant, il n'était pas enclin à ouvrir la porte ou à en sortir. Mais lorsqu'il vit les animaux et les oiseaux, il sortit sans hésiter pour aller à leur rencontre.

La sœur l'observait derrière la porte d'entrée grillagée. Elle n'aimait ni les chiens, ni les chats, ni les oiseaux - en fait, ils lui faisaient peur - mais ces animaux sauvages la terrifiaient. Elle s'aventurerait si nécessaire. Elle espérait qu'ils enverraient bientôt quelqu'un pour l'aider.

Le garçon se tenait sous le porche et respirait l'air. Il ouvrit grand les bras, puis remplit ses poumons d'air extérieur. Il l'a respiré avec avidité.

La sœur qui souhaitait qu'il soit son propre fils, a vu sa poitrine se gonfler dans son petit gabarit.

C'est alors que cela s'est produit.

Le garçon commença à s'élever, comme un ballon qui s'envole, sauf qu'il n'était pas un ballon et qu'il n'était pas suspendu à une corde - c'était un jeune garçon.

La sœur s'est enfuie. Elle l'aimait - et il s'enfuyait. Derrière elle, la porte moustiquaire s'est effondrée.

"Attendez !" s'écrie-t-elle en tendant ses doigts vers lui.

Alors que le garçon s'éloignait. Ses petits pieds s'élèvent. L'emmenant plus loin. Les trois oiseaux le portaient, encore et encore.

Elle l'a saisi, mais il était trop loin. Elle regarda alors une mère kangourou lever les yeux.

Le garçon se laissa tomber sur les épaules de sa mère. Elle s'est assise en hauteur, les bras autour du cou du roo, et elle est partie en sautillant. À côté d'eux, un émeu suivait le rythme.

La sœur, ne sachant que faire d'autre, s'est précipitée à l'intérieur pour prendre les clés de sa voiture. Elle démarra le moteur et suivit le garçon jusqu'à ce qu'elle ne le voie plus.

Le garçon qui vivait autrefois dans une boîte avait été arraché au monde des humains. Il était entré dans le monde où les animaux s'occupaient des leurs. Et cet enfant était l'un des leurs. Il était de la famille.

Et le garçon chanta des chansons, avec les voix qu'il connaissait au plus profond de lui-même. Il riait aux éclats et était heureux, car il était transporté vers l'endroit de son cœur. L'endroit où il était, ce qu'il avait toujours été censé être.

l'endroit de son cœur. L'endroit où il était, ce qu'il avait toujours été censé être.

CHAPITRE QUATORZE

LE GARÇON SOLITAIRE

Dans la forêt interdite du Japon, le cri d'un enfant retentit. Les oiseaux se rassemblèrent, se joignant au chant, amplifiant la demande d'aide du garçon solitaire. Une chouette hulotte arriva, effrayant les autres oiseaux. Elle s'assit à proximité, surveillant et attendant.

Une alarme de voiture retentit. Son hurlement couvre les pleurs de l'enfant. Il était dans un siège pour bébé. Un siège qui se trouvait auparavant sur la banquette arrière d'une voiture.

"L'alarme de la voiture s'est arrêtée, le temps pour la conductrice d'entendre les faibles cris de l'enfant. Elle et son mari se précipitent dans la forêt, où ils trouvent l'enfant effrayé et seul. Ensemble, ils le réconfortent.

Plusieurs jaseurs sont restés, observant. Ils évaluent la situation. Ils agitent leurs plumes et gazouillent.

Comme s'ils rapportaient en direct le sauvetage de l'enfant.

La femme a détaché l'enfant. Elle le serra contre elle et lui posa des questions auxquelles il était trop jeune pour répondre. Des questions comme : "Où est ton Haha, Ko ? Où est ton Otosan ?" (Traduction : "Où est ta mère, mon enfant ? Où est ta mère, mon enfant ? Où est ton père ?".

Son mari a cherché dans les environs. Il a lancé des appels. Comme personne ne répondait, il a cherché des signes. Des empreintes de pas d'adulte. Aucune n'a été trouvée.

"Pas de traces de pas", dit-il en secouant la tête, incrédule. Pour lui, la forêt n'est pas l'endroit qu'il préfère. Il préférait les villes et le bruit. C'est lui qui avait accidentellement déclenché l'alarme de la voiture. Il espérait que sa femme voudrait partir. Il lui avait promis un déjeuner dans son restaurant préféré. C'est alors qu'elle avait entendu l'enfant et s'était enfuie dans la forêt.

Il avait suivi sa femme, pour sa sécurité. En ville, ils évitaient les zones où les prédateurs pouvaient se cacher. Attirant des personnes sans méfiance et confiantes - comme sa femme - dans le danger.

La forêt, cette forêt en particulier, était animée de sons. Vivante, avec de la lumière. Et l'enfant, ils ne pouvaient pas le laisser.

"Allons-y", dit-il. "Nous allons l'emmener à l'hôpital pour nous assurer qu'il va bien et qu'ils peuvent vérifier avec la police à qui il appartient."

Elle serra l'enfant contre sa poitrine, passant sa main dans son dos, comme une mère le ferait avec son propre enfant. Dans son esprit, il n'était que cela, son enfant. L'enfant qu'elle n'avait jamais pu avoir, qui l'avait appelé, qui était venu dans la forêt interdite et qui l'avait réclamé.

"Il est à moi", dit-elle, d'abord sur un ton de défi, puis plus doucement, "je veux dire, à nous. Notre bébé. Le fils que tu as toujours voulu."

Son mari a regardé le garçon. Il avait besoin d'eux. Et il était trop petit, trop jeune pour se souvenir de quoi que ce soit avant. Il leur faisait déjà confiance. Personne ne le saurait, pensait-il. Et pourtant, était-ce juste de prendre cet enfant comme le leur ?

"Personne ne le saurait", dit sa femme, comme si elle avait lu dans ses pensées.

Cela arrivait souvent, après douze ans de vie commune. Ils pensaient des choses similaires. Ils parlaient en même temps. Finissaient les phrases l'un de l'autre.

Ils formaient un couple aimant et stable. Ensemble, ils avaient tant à donner à un enfant. Pourtant, le destin ne leur a pas donné d'enfant.

Elle a remis l'enfant à son mari et a attendu.

Les oiseaux qui se trouvaient au-dessus voyaient ses bras trembler. Ils chantaient, l'encourageant à prendre l'enfant. L'aidant à décider que l'enfant était désormais le sien.

Elle l'a déjà réclamé dans son cœur et dans son âme. Son mari l'avait fait aussi, mais il était déchiré par l'égoïsme. Il voulait faire ce qui était juste, pas ce qui était égoïste.

"Il demande à l'enfant : "Veux-tu venir vivre avec nous ?

Bien qu'il n'ait pas répondu, ils ont tous les trois regagné le parking. Ils ont installé le garçon au milieu de la banquette arrière, à l'écart des airbags.

Les oiseaux et le hibou ont hoché la tête, puis se sont envolés dans la forêt.

CHAPITRE QUINZE

UNE FEMME

UNE VIEILLE FEMME SE balance dans son fauteuil, d'avant en arrière, d'arrière en avant. Ses souvenirs sont fugaces, comme des nuages. Souvent hors de portée.

La confusion s'installe. Bientôt, elle remplacera tout dans son esprit par le néant.

La démence ne choisit pas ses victimes en fonction des désirs ou des besoins de la personne malade. Son but est de semer la confusion. D'aliéner. D'effacer.

Elle avait fait face, jusqu'au jour où tout a basculé.

C'est ainsi qu'elle l'appelait maintenant, topsy-turvy. Ou T/T en abrégé. L'autre chose avait été mauvaise et s'était aggravée. Mais le topsy-turvy signifiait qu'elle n'était pas folle et, plus encore, qu'elle n'était pas seule - plus maintenant.

Dans son esprit, elle voyait tout. Parfois, cela se passait au ralenti, comme si elle avait cliqué sur un bouton de la télécommande. Parfois, des scènes se répétaient, en arrière, en avant, en boucle. D'autres fois, elle se trouvait au milieu d'un événement, observant de première main comme un reporter.

Au début, elle avait peur d'être blessée ou tuée. Elle avait été témoin de choses qui faisaient friser les cheveux. Mais lorsqu'elle a réalisé que les personnes qui l'entouraient ne pouvaient ni la voir ni l'entendre, elle a pu se détendre. À l'exception des archanges, ils savaient qu'elle était là, mais ils ne laissaient pas sa présence être connue des autres.

Comme la fois où son esprit s'est envolé vers les Pays-Bas. Elle s'était installée, observant la petite fille. Elle avait pleuré lorsque l'enfant avait perdu la vue. Elle s'est sentie impuissante, car elle ne pouvait rien faire d'autre que regarder. Cela aussi a changé, avec le temps.

Puis Lia et E-Z sont devenus amis, et Alfred le cygne est venu s'ajouter au groupe. Elle les observait, les écoutait. Elle s'est sentie comme un membre invisible de leur équipe. Elle les a vus travailler ensemble et devenir de solides amis.

Soudain, elle s'adresse à Lia dans son esprit et la petite fille lui répond. Un monde nouveau s'ouvre alors à Rosalie.

Au début, leur conversation était quelque peu limitée. Même s'il y a une grande différence d'âge, ils ont des points communs. Comme leur amour du ballet.

Depuis que les archanges ont changé les règles, Rosalie surveille encore plus les Trois. Pourtant, ces échanges ne suffisent pas à défier son esprit, à l'occuper.

C'est alors que Rosalie découvre Les Autres. Des enfants dotés de capacités uniques dans d'autres parties du monde - et elle pouvait parler avec eux.

Il y a d'abord eu Brandy, une adolescente qui vivait aux États-Unis. Ensuite, il y a eu la communication de Lachie, également connu sous le nom de "The Boy in the Box" (le garçon dans la boîte). Le troisième, mais non le dernier, était Haruto, qui vivait au Japon. Haruto était le plus jeune de tous. Les trois enfants avaient des capacités. Et elle était la seule à pouvoir communiquer.

Pour l'instant, Lia reste en contact avec Alfred et E-Z, mais elle devra bientôt leur parler des autres.

Rosalie tremble lorsque les préposés arrivent avec son repas. De la gelée rouge. Sa préférée. Elle mangea la première après avoir versé de la crème dessus. Crème qui aurait dû aller dans son café.

Dans sa tête, elle dit merci à la fille qui a livré la nourriture, car Rosalie ne peut pas parler. Elle était incapable de parler. Son seul moyen de communication était son esprit...

Convoquer les Trois pour lui rendre visite à la Résidence des Seniors ne semblait pas être la bonne chose à faire. Pour l'instant, elle laisserait Lia garder le secret, et elle prendrait des notes sur Brandy, Lachie et Haruto et les mettrait dans un livre.

Elle devra le cacher aux archanges. Elle gardera un dossier secret. Elle n'allait pas perdre la trace de ces enfants, quoi qu'il arrive.

"Elle s'est exclamée en fouillant dans le tiroir supérieur de la table de nuit à côté de son lit. Elle se souvint d'un cadeau. Un carnet de notes sur lequel on pouvait lire "Joyeux anniversaire !".

Elle a griffonné les premières pages. Elle n'a pas fait de vrais mots, puis quand elle est arrivée à la treizième page, elle a commencé à écrire sur Brandy, Haruto et Lachie. Treize avait toujours été pour elle un chiffre porte-bonheur, elle commença à écrire sur Brandy, Haruto et Lachie. Il y avait tant à écrire. Quand sa main lui fit mal, elle s'arrêta, la fléchit un moment, puis se remit à écrire.

Rosalie se demande s'il y a d'autres enfants que les trois nouveaux. Si elle attendait un peu, ils lui parleraient peut-être aussi. Il vaudrait mieux lui dire son secret quand tous les enfants se seraient révélés.

Rosalie avait pris soin de ne pas écrire "Secret" ou "Privé" sur l'extérieur du livre. Et elle était heureuse qu'il n'y ait pas de clé. Ces trois éléments donneraient envie à quiconque verrait le carnet de le lire. Ils seraient curieux, comme un chat. Il y avait beaucoup de gens de son âge qui étaient curieux. Mais ils ne voudraient pas lire après avoir vu les treize premières pages en désordre.

Elle feuilleta le livre jusqu'à la fin. Rosalie remplit les treize dernières pages avec une écriture encore plus désordonnée. Puis elle rangea le livre et les stylos dans le tiroir et le referma.

Elle sourit, s'adosse à l'oreiller et repose son bras en pensant au dîner. Surtout au dessert.

CHAPITRE SEIZE

MAUVAIS VS JUSTE

IL EXISTE UN MONDE dans lequel nous vivons, un monde rempli de bonnes et de mauvaises personnes. Un monde contrôlé par des êtres humains, qui sont imparfaits. Des gens qui ne sont pas des robots... qui ne sont pas programmés pour être bons ou mauvais.

Nous apprenons notre vie, à partir de ce que nous voyons, de ce que nous remarquons, de ce que l'on nous enseigne et de ce que nous devenons.

Nous apprenons à partir des fondations qui ont été posées pour nous. Au fur et à mesure que nous grandissons et élargissons nos horizons, nous devons faire des choix.

C'est à nous d'appliquer les connaissances acquises. De choisir entre le bien et le mal.

À travers les âges, de grandes personnes ont été dupées. De grands et puissants personnages. Des adultes même.

Parfois, la décision est facile à prendre. Il n'y a pas de zones d'ombre. Parfois, des forces indépendantes de notre volonté nous guident. D'autres nous poussent à suivre leur code d'éthique. Parfois, il y a des éléments inattendus.

Disons que nous sommes sur un chemin et que quelqu'un nous met des bâtons dans les roues. Nous pouvons l'enlever ou nous arrêter et attendre que la personne l'enlève. Nous pouvons choisir.

La vie est une question de choix. Les choix que nous faisons peuvent nous préparer à la vie. Nous suivons cette route, avec les briques posées par nos bonnes décisions.

Ou nous pouvons nous laisser égarer. Trompés. Trompés pour aller à l'encontre de ce que nous savons être vrai.

Lorsque cela se produit, tout peut s'écrouler, comme des dominos.

Et nos actions - ou inactions - auront des conséquences. Pas seulement pour nous-mêmes. Ce que nous faisons affecte les autres.

Et à la fin, après notre mort, nous sommes tous pris dans les bras de nos capteurs d'âmes.

Les Furies - trois déesses maléfiques - prennent le contrôle des capteurs d'âmes.

Les capteurs d'âmes sont détournés.

Les âmes volent sans domicile fixe.
Les âmes sans abri.
Le chaos se profile à l'horizon.
Où vous situerez-vous ?

CHAPITRE DIX-SEPT

ROSALIE DANS LA CHAMBRE BLANCHE

ROSALIE OUVRE LES YEUX. C'était l'heure du repas et elle avait demandé un plateau pour le petit déjeuner. Sa chambre se trouvait sur le chemin de la salle à manger. Lorsqu'ils transportaient la nourriture, elle sentait l'odeur du bacon. Cela lui mettait l'eau à la bouche. Et le café. Elle attendit son tour. Elle n'avait pas d'autre choix que d'attendre son tour.

Elle savait qu'ils préféraient nourrir les résidents dans la salle à manger. Elle comprenait la nécessité de respecter les horaires. Pourtant, elle savait qu'ils finiraient par s'occuper d'elle - un jour ou l'autre. C'était toujours le cas dans la maison de retraite où elle vivait.

Elle a observé un cardinal dans un arbre devant sa fenêtre et a envisagé de sortir du lit pour l'observer de plus près. Mais lorsqu'elle a rejeté les couvertures et posé le pied sur la moquette, elle s'est sentie bizarre. Elle se sentait floue.

Et a atterri dans la salle blanche.

Rien n'a changé depuis qu'E-Z est là. Et il n'a pas fallu longtemps à Rosalie pour trouver ses marques et commencer à explorer.

En passant ses doigts sur les étagères, elle a une impression de déjà-vu. Était-elle déjà venue dans cette pièce ?

Elle se dirigea vers le centre de la pièce et se retourna. Les étagères n'en finissaient pas. À perte de vue. Leur hauteur lui donnait le vertige et elle avait envie de s'asseoir pour reprendre son souffle.

BINGO

Un fauteuil confortable apparut et elle s'y installa. Elle s'y appuya, puis réalisant qu'il avait des roues et qu'il pouvait tourner, elle le tourna. Et elle l'a fait tourner. Puis elle ferma les yeux et se reposa. Heureusement qu'elle n'avait pas encore pris son petit déjeuner, car son estomac était un peu mal à l'aise lorsque quelque chose bougea au-dessus d'elle.

Ou l'avait-elle imaginé ?

"Vous êtes là !", cria-t-elle en pointant du doigt rien ni personne. "Je t'ai vu bouger, toi, petit... quoi que tu sois, sors, sors", lui dit-elle.

Décidant qu'elle l'avait imaginé, elle se remit à étudier son environnement. Et se demanda comment elle s'était retrouvée dans cet endroit.

"Suis-je de retour dans ma chambre, en train de m'imaginer dans cet endroit ?" Elle se servit de ses ongles pour creuser les bras du fauteuil. Elle observa les marques qu'ils laissaient sur la surface du cuir. Il s'agissait de légères égratignures, suffisamment légères pour être enlevées avec un peu de frottement. Après tout, elle était une invitée, et les invités devraient toujours prendre soin de l'endroit qu'ils visitent. Sinon, on ne leur demandera plus de revenir.

Au-dessus d'elle, quelque chose bouge à nouveau. Cette fois-ci, un battement d'ailes se fait entendre. Un oiseau était-il coincé là-haut, incapable de sortir ?

"J'arrive, mon petit", dit-elle en se levant et en se dirigeant vers l'échelle.

La structure en bois, comme si elle pouvait lire dans ses pensées, a roulé sur le sol et s'est arrêtée à ses pieds.

"Il dit : "Montez !

Rosalie l'a fait, et ce n'est que lorsqu'elle a bougé elle-même qu'elle a réalisé que la chose lui avait parlé.

"Euh, merci", dit-elle, alors que le véhicule s'arrête.

"Il n'y a pas de quoi, dit l'échelle. "Vous cherchez un livre en particulier ?"

Rosalie rit. "J'ai cru entendre un oiseau. Shhhh."

L'échelle rit. "Il n'y a pas d'oiseaux ici, Madame. Le son que vous entendez provient des livres."

"Des livres avec des ailes ?" "Oui", répond l'échelle. Puis : "Toi, là ! Viens ici !"

Rosalie regarda un épais livre noir se pousser jusqu'au bord de l'étagère. Puis des ailes lui poussèrent à l'avant et à l'arrière. Il s'envola et atterrit dans les mains de Rosalie.

"Oh là là !" dit-elle en regardant le dos du livre. "Je crois que je l'ai déjà lu".

DWOING.

Le livre s'arracha de ses mains et reprit sa place sur l'étagère.

"Je suis désolée", dit Rosalie. Puis, s'adressant à l'échelle : "J'espère que je n'ai pas offensé M. Dickens."

"Si vous en avez fini avec moi, dit l'échelle, puis-je vous suggérer de descendre ?

"Je suis désolée de vous avoir fait perdre votre temps", dit-elle.

"Non. Je suis heureux d'être utile."

Rosalie descendit et l'échelle fila de l'autre côté de la pièce.

Rosalie se tâta le front, non elle n'était pas fiévreuse. Son taux de glycémie a dû tomber trop bas. Et maintenant, elle n'allait pas pouvoir manger, pas avant des heures. Et cette voleuse d'Agnès Lindsay lui volait son petit déjeuner. Elle se faufilait dans sa chambre et mangeait tout. Lorsque les surveillants reviendraient chercher le plateau, ils croiraient que Rosalie l'a mangé. Rosalie et Agnes étaient des ennemies jurées.

Pour oublier son estomac qui gargouille, Rosalie se concentre sur les livres. Un livre en particulier. Un livre qu'elle aimait lire encore et encore lorsqu'elle était petite fille. Il s'appelait Anne à la maison aux pignons verts, de... Elle ne se souvenait plus du nom de l'auteur.

"Lucy Maud Montgomery", dit l'échelle en se dirigeant vers elle. "Hop one", dit l'échelle.

"Ah, merci pour l'offre, mais j'ai trop faim, et peut-être trop de vertige pour monter sur vous".

"Asseyez-vous", dit l'échelle, "par là". L'échelle siffla alors et, tout en haut des étagères, un livre s'avança. Des ailes lui poussèrent sur le devant et le dos, et il s'envola dans les mains de Rosalie. Elle le serra contre sa poitrine.

"Merci", dit-elle.

"Ce sera tout ?", demande l'échelle.

"Oui, à moins que vous n'ayez une paire de lunettes de lecture supplémentaire cachée quelque part dans cette pièce".

BINGO.

Ses lunettes sont apparues et sont restées parfaitement droites sur son nez.

L'échelle reprend sa place.

Les chevilles de Rosalie lui font mal.

BINGO.

Une pierre a éclaté sous ses pieds.

Elle ouvre le livre. À l'intérieur se trouvait un croquis d'Anne Shirley, l'homonyme du livre. Elle passa son doigt sur les contours des cheveux roux de la petite orpheline.

Anne fait un clin d'œil à Rosalie. Celle-ci cligna des yeux, puis sourit en retour. Elle avait déjà entendu parler de livres interactifs, mais celui-là était tout simplement génial !

Les mains tremblantes, elle déplie la carte du Canada. Ses yeux suivent les flèches qui mènent à l'Île-du-Prince-Édouard. Dans son esprit, elle parcourt la distance qui la sépare de Green Gables. À l'extérieur de la maison se trouvent les Cuthbert. Ils attendent Anne.

Elle tourna la page et se mit à lire. Elle rit à chaque fois qu'Anne se met dans une situation délicate.

Puis l'estomac de Rosalie a gargouillé, et elle a souhaité quelque chose qui n'avait rien à voir avec un petit déjeuner. Une salade Jell-o. Quelque chose que sa mère avait l'habitude de lui préparer pour les grandes occasions, lorsqu'elle était petite. Ce qu'elle préférait, c'était la crème fouettée sur le dessus.

BINGO.

Devant elle se trouvait une salade Jell-o arc-en-ciel avec une cuillerée de crème fouettée sur le dessus. Elle pensa cuillère et

BINGO.

Un seul est apparu. Mais elle s'est alors souvenue que son père et sa mère la grondaient si elle mangeait son dessert en premier. Elle pensa à la purée de pommes de terre. Chaude comme la vapeur, avec du beurre qui fond sur le dessus. Oh, et au pain de viande avec du ketchup. Et des petits pois fraîchement cueillis dans le jardin.

BINGO.

Devant elle, un énorme bol de purée de pommes de terre. Le beurre fondait sur les côtés. C'était une œuvre d'art. C'était presque trop beau pour être mangé.

À côté, il y avait un carré de pain de viande recouvert de ketchup.

Et dans un autre bol, des petits pois. Avec un brin de menthe sur le dessus.

Elle sourit. Petite fille, elle n'aimait pas que l'on touche à ses aliments. Dans cette pièce, le chef savait ce qu'elle aimait.

Mais le chef avait oublié de lui donner des ustensiles de cuisine. Elle imaginait un couteau et une fourchette.

BINGO.

Ceux-ci arrivèrent également. Elle a mangé avec gourmandise. Attention à ne pas abîmer Anne la maison aux pignons verts. Le livre, sentant un besoin de protection, s'envola et plana dans les airs, là où Rosalie pouvait facilement l'atteindre.

Rosalie a tout mangé, y compris la salade Jell-o, qui s'est agitée sur la cuillère.

Lorsqu'elle a terminé

BINGO

la vaisselle, les couverts, etc. ont disparu.

Après quelques instants de remerciement pour la nourriture qu'on lui avait donnée, elle leva les yeux vers le livre.

Il s'est envolé vers elle et elle a repris sa lecture.

Lire et attendre.

Elle ne sait pas ce qu'elle attend, ni qui elle attend.

CHAPITRE DIX-HUIT

CHARLES DICKENS

Dans la ville de Londres, en Angleterre, un conteneur métallique est tombé du ciel.

Le conteneur lui-même n'était ni long, ni en forme de silo. En fait, ce qui s'en rapproche le plus, c'est une capsule. La différence est que cet objet était de forme carrée et n'avait pas de fenêtres. Au lieu de fenêtres, il y avait des miroirs sur tous les côtés. De plus, comme il était plat, il a dérapé sur l'eau avec une force considérable. Elle a atterri sur la rive de la Tamise.

Deux détectoristes, John et Paul, assistent à la scène. Les deux hommes ont une trentaine d'années. Ils gagnaient leur vie grâce aux bénéfices de la détection. Ils étaient donc considérés comme des détectoristes professionnels.

Les horaires des détectoristes étaient variables. Ils étaient indépendants et responsables de l'entretien et de la gestion de leurs outils.

Un détecteur nécessite de nombreux outils. Il ne voulait pas se lancer dans des fouilles sans y être préparé. La plupart des gens emportent une boîte à outils partout avec eux. À l'intérieur se trouvent des articles essentiels. Pour n'en citer que quelques-uns : écouteurs, housses de pluie, harnais, outils de fouille, truelles, ceinture à outils, tablier (avec poches), pochette étanche, sac à dos, sac poubelle.

La plupart des fouilles de John et Paul ont eu lieu à Londres, sur la Tamise. Comme l'exige la loi, ils étaient munis de permis Standard et Mudlark. Ces permis ont été accordés par les autorités du port de Londres.

Le permis leur permettait de creuser jusqu'à une profondeur de 7,5 cm si nécessaire (l'échelle était nécessaire, que l'on ait l'intention de creuser ou non).

Dans le cas de l'objet carré - qui a atterri devant eux - il faut y réfléchir. Avant d'aller le chercher et de le revendiquer.

"Envie d'aller voir de plus près ? demande Paul.

John, qui n'a pas dit grand-chose, a acquiescé.

Ils avancent péniblement, outils en main. Leurs bottes Wellington s'écrasent, déplaçant la boue et l'eau à chaque pas. Les berges de la rivière sont souvent très boueuses, après plusieurs jours de pluie continue.

"Réclamation !" dit Paul.

"C'est juste", a déclaré John.

Bien qu'ils l'aient vu tous les deux au même moment, il savait que c'était une revendication de sa part également. Ils étaient partenaires, ils l'avaient toujours été et rien ne changerait jamais cela.

Tous deux avancèrent péniblement jusqu'à ce qu'ils l'atteignent. Elle ressemblait à une boule miroir carrée et lorsqu'ils essayèrent de l'examiner, tout ce qu'ils virent fut leur propre reflet à l'intérieur.

"J'ai besoin d'une coupe de cheveux", dit John.

Paul se moque en touchant le côté de la porte avec le bout de sa botte. "Il doit bien y avoir un moyen de l'ouvrir", dit-il.

"C'est trop grand pour que nous puissions nous retourner", dit Jean en sortant un mètre de sa poche et en mesurant la hauteur d'un des côtés. Il montre le résultat à Paul : 60 centimètres.

Ils ont fait le tour de l'objet. Ils se sont arrêtés pour taper, taper de temps en temps. Prenant soin de ne pas laisser d'empreintes de doigts sales sur l'objet en miroir. Mais ils espéraient toucher un bouton secret et l'ouvrir.

Et écouter. Pour s'assurer qu'il ne faisait pas tic-tac.

"Peut-être devrions-nous l'apporter au musée ou faire part de notre découverte ? suggère Paul. "Ils enverraient un camion ou une grue pour le ramasser et le transporter. Après que les démineurs y aient jeté un coup d'œil."

John secoue la tête.

"S'ils envoient les démineurs, ils vont tout faire sauter. Il y aura du verre brisé partout, et notre revendication ne servira à rien."

"C'est vrai, c'est vrai", dit Paul. "Ces gars-là adorent faire exploser les choses. Je veux dire, c'est un avantage, n'est-ce pas ?"

"Je pense que oui. Qu'est-ce qu'on fait maintenant ? Il ne fait pas tic-tac. Nous sommes d'accord sur ce point."

"Oui, pas besoin de l'escouade", dit Paul. Il a fait le tour de l'objet, les mains derrière le dos. C'était sa démarche de réflexion. Jean suivait derrière lui, au même rythme que lui, les mains dans le dos.

Paul dit : "Nous devons déterminer ce que c'est et quel est son âge. Selon la loi sur les trésors de 1996, nous ne pouvons revendiquer que certaines choses. Cela ne ressemble pas à de l'or ou à de l'argent et cela ne semble pas avoir plus de trois cents ans. Cette découverte pourrait être la nôtre et la nôtre seule, c'est-à-dire que nous n'aurions peut-être pas besoin de la signaler à notre agent de liaison pour les découvertes.

"Ce n'est certainement pas de l'or ou de l'argent", dit John en frappant sur l'objet métallique et en écoutant. Il sonnait creux. Il le tapote à plusieurs endroits et écoute.

Au-dessus d'eux, deux lumières sont apparues.

L'un était vert et l'autre jaune.

Ils ont atterri sur le dessus de l'objet.

"Shoo !" dit Paul.

"Sommes-nous en train de devenir fous ? demande John en se grattant la tête.

"Je ne crois pas", répond Paul.

Les lampes se sont détachées et ont flotté. Elles sont tombées au pied du conteneur. Une fois qu'elles se sont stabilisées, les lumières ont soulevé le conteneur et l'ont maintenu en place. Quelques secondes plus tard, il commença à tourner, d'abord lentement, puis de plus en plus vite. Bientôt, il tourna à une vitesse vertigineuse. Tout en tournant, il se mit à chanter d'une voix aiguë.

Les détectoristes tombent à genoux et se couvrent les oreilles de leurs mains. Ils sont pris de nausées, comme s'ils avaient le mal de mer. Et ils ont très peur.

"Qu'est-ce qui se passe ? s'écrie John.

"Je crois que la chose est en train d'éclore ! répond Paul.

Lorsque le conteneur est tombé sur le sol, il a pulsé. tremblait. Frémissement. La boîte en miroir s'ouvrit, une partie s'abaissant comme un pont-levis sur la rive herbeuse.

"Les détectoristes se sont écriés : "Arrrggggggh !

Ils ont attendu, regardant à travers l'espace entre leurs doigts. Ils ne s'intéressaient plus à la réclamation de l'objet. Ils ne s'intéressaient plus à sa valeur.

Un jeune garçon en est sorti.

"C'est un enfant", dit Paul en se levant.

John s'est également levé et a mis les mains sur les hanches.

"Attendez", dit Paul. "Il est habillé comme un de ces enfants d'Oliver Twist."

"Je suis né de nouveau", s'exclame le jeune homme en renversant sa casquette, puis en la remettant sur sa tête. Il s'étire, bâille, puis observe son environnement. "Regardez, là ! Les bâtiments du Parlement. Ils ont changé depuis la dernière fois que je les ai vus. Et écoutez", dit-il alors que l'horloge sonnait une fois, deux fois, trois fois. "Pourquoi ont-ils mis la Grande Cloche dans une cage ?" demanda-t-il.

"Comment ça, une cage ? Et elle s'appelle Big Ben", dit Paul. "Et pourquoi es-tu habillé comme ça ? Tu participes à une fête costumée ?"

Le jeune homme tapote le devant de son gilet. Il vérifia que son gilet était bien boutonné et que les jambes de son pantalon étaient bien descendues. Il était plus habitué à porter des pantalons courts et les plus longs voulaient toujours s'emmitoufler. Sur sa tête se trouve un chapeau qu'il enlève avant de reprendre la parole.

"Sais-tu comment aller à Portsmouth ?" demande-t-il. "Maman et papa vont s'inquiéter pour moi."

Les détectoristes se regardent, mais aucun ne parle. Pour une fois dans leur vie, ils sont restés sans voix.

"Je m'en vais", dit le jeune homme en remettant son chapeau.

POP.

POP.

Hadz et Reiki arrivèrent, et bloquèrent le vol directement devant les yeux du jeune garçon.

"Charles Dickens, vous devez rester avec ces deux hommes. Ils t'emmèneront là où tu dois être. Vous devez être avec E-Z."

"Qu'ont-ils dit ? dit John en se frottant les oreilles. "Je crois que je deviens fou."

"Ils disent que c'est Charles Dickens. Charles Dickens ! Et nous sommes censés l'aider à se rendre à E-Z, quel qu'il soit, quand il est à la maison", répond Paul.

Charles Dickens. LE Charles Dickens. Autrement dit, le parent éloigné d'E-Z et de Sam... Il incline sa casquette vers les deux créatures féeriques. "J'ai eu un livre une fois, avec une fée sur la couverture, de Grimm. Vous le connaissez ?" demanda-t-il.

Hadz et Reiki ricanent, puis disparaissent.

POP

POP.

Charles Dickens remet son chapeau en place : "Je vais à Portsmouth." Il se met à marcher.

"Non, vous ne l'êtes pas", ont dit les détectoristes à l'unisson.

"Bien sûr que je le suis", a-t-il dit.

"Portsmouth est une longue marche", a déclaré John.

Derrière eux, le cube miroir se mit à trembler et à s'entrechoquer. Puis il s'est mis à parler : "Ce cybus autem speculatam s'autodétruira dans 5, 4, 3, 2, 1, 0."

Les détectoristes se sont jetés à terre, se couvrant la tête de leurs mains.

POOF.

Et il a disparu.

"Ouf !", dit Dickens. dit Dickens. Puis il a pointé du doigt le London Eye. "Qu'est-ce que c'est que ça ?

Les détectoristes courent devant Charles. Ils ouvrent la voie et dégagent le chemin. Comme deux défenseurs de football, ils le protégeaient. Ils évitent les vélos, les piétons et les chiens errants. Ils l'orientaient vers d'autres chemins pour éviter les tramways, les taxis et les scooters.

"Cela s'appelle le London Eye et on peut voir à des kilomètres et des kilomètres là-haut.

"Y a-t-il une chance que nous puissions bientôt manger quelque chose ?" demande Charles en se frottant l'estomac.

"Pourquoi ne pas venir chez nous et prendre d'abord une tasse de thé", demande Paul. "Ma mère prépare une excellente tasse de thé et peut même y ajouter un ou deux biscuits".

"Ça me paraît bien", dit Dickens. "Ensuite, il faudra que je rentre à la maison. Maman va se demander où je suis. Je ne suis pas censé rester dehors tard, et vu où est le soleil, je pense qu'il va bientôt se coucher."

Lorsqu'ils approchèrent de Convent Gardens, Dickens remarqua une plaque. "Regardez ici", dit-il. "Mon nom est écrit ici.

John et Paul ont regardé Charles Dickens.

"Quoi ?", dit-il.

"Vous serez l'auteur britannique le plus célèbre de tous les temps", a déclaré John. "Et Oliver Twist est l'un de vos personnages les plus célèbres".

"C'est vrai ?" demande Charles.

"C'est vrai", dit Paul. "Et je ne veux pas t'offenser, mais tu sais, William Shakespeare est aussi très célèbre", dit Paul.

"Shakespeare était un dramaturge. Est-ce que j'ai écrit des pièces de théâtre ?" demande Charles.

"Non, vous avez écrit des romans. Alors, tu avais peut-être raison."

Ils arrivent chez Paul. "Maman, voici Charles Dickens", dit-il.

Elle était dans la cuisine, portait un tablier et s'essuyait les mains sur le devant de celui-ci avant de serrer la main de Charles.

"Un lien de parenté avec LE Charles Dickens ? demande la mère de Paul.

"C'est un plaisir de vous revoir", dit John en changeant de sujet. "Puis-je être assez impoli pour demander une tasse de thé avec du pain et du beurre ?"

"Vous trois, entrez et asseyez-vous, je vous l'apporte tout de suite", dit-elle en les expulsant de sa cuisine.

Ils s'installent dans la pièce principale. Paul s'est assis près de la fenêtre pour pouvoir regarder à travers les rideaux.

Pendant ce temps, John et Paul réfléchissaient de la même manière. Comment ils avaient découvert Charles Dickens et comment ils pouvaient se faire un peu d'argent avec.

Paul a cherché, Quand Charles Dickens est-il mort ? Réponse : 1870. Il a montré l'écran à John.

"Pourquoi voulais-tu aller à Portsmouth ? demande John.

"J'y habitais autrefois", a déclaré Charles.

"Paul demande : "Avez-vous d'autres livres ? "Je veux dire des livres que tu n'as pas encore publiés ?"

"Je ne sais pas", dit Charles. "Ai-je écrit beaucoup de livres ?"

"Oui, tu as bien Charles", dit John.

"C'est bon ?" demande Charles.

"J'ai lu Oliver Twist quand j'étais enfant et Les grandes espérances aussi. Excellents, mais un peu longs à mon goût", a déclaré Paul.

"Un conte de Noël" est une bonne idée, dit John, "pas trop longue et une excellente leçon apprise".

La pièce est restée silencieuse pendant quelques minutes.

"Je dois trouver cet Ezekiel Dickens - ou E-Z, comme l'appellent ses amis", dit Charles. "Je ne sais pas comment je le sais, mais je pense qu'il vit en

Amérique. Il bâille et a du mal à garder les yeux ouverts.

La mère de Paul est entrée, portant un plateau rempli de friandises. Tout le monde mange à sa faim et Charles s'endort bientôt dans le fauteuil.

"Ah, le petit est bien endormi", dit la mère de Paul en le recouvrant d'une couverture.

"Il est si petit", dit-elle.

"Mais c'est l'un des plus grands écrivains".

John a ajouté : "Il a l'écriture dans le sang, il pourrait donc devenir un jour un grand écrivain".

La mère de Paul rit, puis monte dans sa chambre pour regarder un peu la télévision.

Pendant ce temps, Paul et John discutent de ce qu'ils doivent faire de Charles Dickens.

"Dommage que nous ne puissions pas le garder", a déclaré John.

"Je ne pense pas que le musée l'accepterait", dit Paul.

Tous deux ont accepté de faire des recherches sur Charles Dickens sur Internet.

POP

POP.

John et Paul regardent devant eux comme s'ils dormaient. Même s'ils étaient très loin. Hadz et Reiki leur ont chanté une chanson qui ressemblait à ceci :

"Charles Dickens n'est qu'un garçon.

Ce n'est pas un jouet pour les détectoristes.

Aidez-le à retrouver son cousin aux Etats-Unis.

Faites-le demain matin ou nous vous ferons payer !"

Cette chanson a tourné en boucle dans la tête de John et Paul jusqu'à ce qu'ils sachent ce qu'ils devaient faire.

"Nous trouverons E-Z Dickens", dit Paul.

"Oui, c'est la bonne chose à faire", a déclaré John.

POP

POP.

Et ils sont partis.

CHAPITRE DIX-NEUF

ROSALIE BORED

ROSALIE SE LASSAIT DE lire Anne aux pignons verts. Plus elle vieillissait, plus il lui était difficile de se concentrer longtemps sur une seule chose. Elle retira ses lunettes et souhaita avoir un masque de lavande pour couvrir ses yeux.

BINGO.

Un masque doux au parfum de lavande bloque la lumière et apaise ses yeux fatigués.

"C'est comme s'il y avait un génie magique là-dedans", dit-elle, avant de fermer les yeux et de s'endormir.

Lorsqu'elle s'est réveillée quelque temps plus tard et qu'elle a retiré son masque, elle était de nouveau dans son lit, dans la résidence pour personnes âgées. Était-elle folle ou avait-elle fait un voyage dans son esprit ?

Rosalie se sent un peu frileuse, probablement à cause de l'environnement froid et stérile dans lequel elle vit. À certains moments de la journée, la température baisse.

À ces moments-là, elle remarque que les résidents sont dans leur chambre, tandis que les employés font du rangement. Comme ils travaillaient dur, ils n'ont pas remarqué le froid. Pas comme les personnes âgées qui ne faisaient rien.

BINGO.

Le tiroir du bas de son armoire s'ouvrit et son pull-over rouge, doux et moelleux, vola vers elle. Il se stabilisa tandis qu'elle y glissait ses bras. Elle se blottit contre lui, sentant sa chaleur tandis qu'il se boutonnait.

"Il s'agit d'un événement plutôt étrange", a-t-elle déclaré.

Elle s'assit tranquillement, rêvant d'une tasse de thé bien chaude avec beaucoup de sucre et de lait.

BINGO.

Une théière fantaisie ornée de fleurs est arrivée sur une table à proximité. Une fois le thé infusé, elle le versa dans une tasse à thé assortie, y ajouta deux morceaux de sucre et une goutte de lait.

"Trois morceaux, s'il vous plaît", demande Rosalie.

Une troisième masse a été ajoutée.

La tasse de thé posée sur une soucoupe flotte vers elle.

"Que diriez-vous d'un ou deux biscuits sablés ?" demande-t-elle.

Il s'est arrêté en plein vol.

BINGO.

Sur la soucoupe se trouvaient deux biscuits sablés.

"Tu as oublié une cuillère à café !"

BINGO.

"Merci", dit-elle, se demandant encore si elle n'était pas en train d'halluciner ou de perdre la tête.

Le thé était chaud, mais pas trop. Sucré, mais pas trop. Et il se mariait à merveille avec les sablés.

Quand elle a bu jusqu'à la dernière goutte de la tasse....

BINGO

Il a disparu de sa main.

Elle se demandait combien de temps ces tours de magie ou d'imagination allaient durer. Tant qu'ils dureraient, elle en profiterait pleinement.

"Attendez une minute !"

Elle se souvient du livre. Celui qu'elle ne voulait pas que quelqu'un puisse lire.

"Elle demanda à l'air : "Peux-tu, toi, l'arranger pour que l'autre puisse lire mon livre ?". Elle plongea la main dans le tiroir et le brandit. "Donc, les seuls à pouvoir le lire, à part moi, sont Lia, Alfred et E-Z. Personne d'autre. Personne d'autre. Si quelqu'un d'autre le trouve et feuillette les pages, elles seront toutes vierges."

Elle attendait un signe. Ou un bruit, mais rien ne vint.

Elle remit le livre dans le tiroir, se retourna et se rendormit.

POP

POP

"Est-ce qu'elle dort déjà ?" demanda Hadz.

"Je pense que oui. Elle ronfle !"

"Attention à ne pas la réveiller. Mais nous devons la faire monter à bord - je veux dire, officiellement."

"Les archanges lui ont donné des pouvoirs pour surveiller Lia, E-Z et Alfred. Ils savent ce qu'il en est d'elle", rappelle Reiki.

"C'est vrai, et elle sera loyale envers ces enfants. Et aux autres. Les archanges ne savent rien de précis à leur sujet - et je pense que c'est mieux ainsi."

"Je suis d'accord. Alors, que devons-nous faire. Pour qu'il en soit ainsi ?"

"Rosalie", murmura Hadz directement dans son oreille gauche. "Tu veux aider Lia, E-Z et Alfred, n'est-ce pas ?"

"Oui", dit Rosalie en roucoulant.

Reiki prend la parole. "Et les autres ? Es-tu prêt à les protéger ? Même contre les archanges ?"

"Oui", répond Rosalie.

"Très bien", dit Reiki. "Maintenant, donnons-lui un coup de pouce à sa mémoire. Nous ne voulons pas qu'elle oublie ce qu'elle a accepté de faire, n'est-ce pas ?"

Hadz et Reiki ont chanté une chanson,
"Les souvenirs sont de belles choses.
qui flottent comme des anneaux de fumée.
En avant et en arrière, en avant et en arrière
Laissez les souvenirs de Rosalie la maintenir sur la bonne voie.
Magie, magie dans l'air et dans la mer
Lier notre contrat avec Rosalie."
POP
POP
Hadz et Reiki sont partis, tandis que cette chère vieille Rosalie ronfle.

CHAPITRE VINGT

LES COUSINS

LE MATIN, EN ANGLETERRE, pendant que la bouilloire bouillonne, John et Paul se préparent. L'ordinateur est allumé et le moteur de recherche est ouvert.

"Je vais faire le thé", dit John.

"Je vais commencer à taper", dit Paul en tapant Ezekiel Dickens dans la barre de recherche. "Oh, dit-il. "C'était inattendu.

John arrive avec un plateau de thé, des morceaux de sucre dans un bol, des toasts chauds et beurrés, et un pot de marmelade à côté.

"Vous avez trouvé quelque chose ?

"Regardez ça", dit Paul en tournant l'écran et en mélangeant des morceaux de sucre dans son thé.

Il s'agit du site Web des trois super-héros. Ils regardent E-Z se présenter, suivi de Lia et d'Alfred.

"Est-ce que c'est légal ?" demande John. "Ils ressemblent à trois personnages du réseau de dessins animés."

C'est alors que la reconstitution du sauvetage en montagne russe a commencé. Paul a appuyé sur PAUSE. Il ouvrit une autre fenêtre. Il a tapé "Sauvetage dans un parc d'attractions E-Z Dickens". Un journal avec un article à ce sujet est apparu. "C'est vrai", dit-il.

"Alors, le parent de Charles est un super-héros ?"

"Tu trouves qu'on se ressemble un peu ?". demanda Charles. Il était encore à moitié endormi dans le pyjama trop grand qu'on lui avait donné pour dormir. Il prit une tranche de pain grillé dans l'assiette et mordit dedans.

"Vous avez tous les deux le nez de Dickens", a déclaré John.

Charles regarde de plus près la partie interrompue de l'écran.

"Si l'on se base sur la date de votre naissance, dit Paul en cherchant sur Google, de 1812 à aujourd'hui, E-Z serait votre septième ou huitième cousin éloigné.

"Que signifie l'éloignement d'un cousin ?"

"Cela signifie le nombre de générations qui vous séparent", a déclaré John.

"Mon ancêtre est un super-héros. Qu'est-ce qu'un super-héros ? C'est comme dans Sir Gwain et le chevalier vert ?"

"Ah, je me souviens avoir lu cela à l'école quand j'étais enfant, oui, les chevaliers et les super-héros se ressemblent", dit Paul.

John a fait défiler la page pour voir si E-Z Dickens était mentionné ailleurs. Sur YouTube, il y a des clips de lui jouant au baseball avant qu'il ne soit en fauteuil roulant et après.

"C'est un véritable athlète", a déclaré John. "Et il fait du sport en fauteuil roulant.

"Le jeu ressemble à Rounders", a déclaré Charles.

"Oh, attendez, il y a quelque chose à propos de ses parents", dit Paul.

Ils lisent les notices nécrologiques des parents d'E-Z, sur l'accident qui leur a coûté la vie.

"Pauvre garçon", dit Charles. "Au moins, Sam, le frère de son père, s'occupe de lui maintenant.

"Pourquoi ne pas lui offrir une bague ? demande Paul. Il ouvrit son téléphone et appela les informations.

Charles regarde par-dessus son épaule, tandis que Paul parle dans l'appareil et qu'une voix de femme répond. "J'ai besoin d'une tasse de thé", dit-il.

John est allé lui en chercher un dans la cuisine.

Pendant ce temps, Paul demande le numéro d'un Ezekiel Dickens en Amérique du Nord. Lorsqu'il a composé le numéro et que le téléphone a commencé à sonner, Paul a mis le haut-parleur.

"Bonjour, dit Sam.

Charles a failli laisser tomber sa tasse de thé.

"Bonjour, je m'appelle Paul et j'appelle de Londres, en Angleterre. J'aimerais parler à Ezekiel Dickens, s'il vous plaît."

"Je suis son oncle, puis-je vous demander de quoi il s'agit ?" Sam descend le couloir jusqu'à la chambre de E-Z.

Les trois regardaient un film sur le nouveau téléviseur à écran plat. Sam a pris la télécommande et a appuyé sur MUTE. Puis il a mis son téléphone sur haut-parleur.

"Pour être honnête, je ne suis pas vraiment sûr", dit Paul. "Ce n'est pas moi qui veux lui parler, c'est..."

"Moi". Une nouvelle voix a pris le téléphone. Une voix plus jeune.

"Et vous, qui êtes-vous ?" demande Sam.

"Je m'appelle Charles Dickens."

Sam tend le téléphone à son neveu. "Il dit qu'il s'appelle Charles Dickens.

"Je t'avais dit qu'il se passerait quelque chose d'étrange aujourd'hui", dit Alfred.

"Moi aussi, dit Lia, mais je ne savais pas qu'il s'agirait de Charles Dickens !

E-Z hésite avant de dire : "Je suis E-Z Dickens, euh, M. euh, Charles. Comment puis-je vous aider ?"

Charles a ri. C'était un rire nerveux. Il ne savait pas quoi dire. Il n'avait jamais parlé à quelqu'un qui se trouvait à l'autre bout du monde.

"Je suis revenu", a-t-il dit. "Pour te retrouver. John et Paul, mes amis, sont (il a mis sa main sur le téléphone) - des détectoristes..."

E-Z n'avait jamais entendu parler des détectoristes.

"Ils utilisent des appareils pour trouver des choses", a déclaré Alfred.

Paul a pris le relais. "Une chose a atterri dans la rivière. Charles Dickens était dedans. Deux lumières, une verte et une jaune, nous ont dit que Charles devait entrer en contact avec E-Z Dickens."

"Quel genre de chose ?" demande E-Z. "C'était comme un silo ?"

"Ici John", dit une nouvelle voix. "Non, c'était un cube. Un cube miroir."

E-Z met sa main sur son téléphone, "Ça ne ressemble pas à un de ces silos".

"Les anges t'ont-ils envoyé ? Je suis Lia et l'autre voix que tu as entendue est celle d'Alfred. Nous sommes ici avec E-Z et Sam."

"Enchanté de vous rencontrer tous", dit Charles.

"Quel âge as-tu ? demande E-Z.

"Une dizaine, je crois. C'est vrai que nous sommes cousins ?"

"Oui, dit E-Z, et l'oncle Sam est aussi ton cousin.

"Nous sommes connectés à travers l'espace et le temps", a déclaré Charles.

"E-Z est aussi un écrivain", dit Sam.

E-Z grimace et ses joues deviennent brûlantes.

Sam ramène son neveu à la réalité en lui donnant un coup de coude.

"Cela fait beaucoup à traiter, M. Dickens, euh, je veux dire Charles. Nous devons prévoir de vous faire venir ici, ou alors je peux venir à vous. Pouvez-vous rester avec John et Paul pour un moment et nous reprendrons contact une fois que nous aurons trouvé quoi faire ?"

Paul dit : "Oui, maman dit que Charles ne pose aucun problème. Il peut rester avec nous aussi longtemps qu'il le souhaite."

"Je vous rappellerai", dit E-Z.

Le téléphone s'est déconnecté.

"Au fait, il n'y avait rien d'utile sur le disque dur d'Arden. A part confirmer qu'ils étaient en ligne ensemble pour jouer à un jeu de tir multijoueurs."

"C'est bon à savoir", a dit E-Z, qui s'en était déjà rendu compte par lui-même.

CHAPITRE VINGT ET UN

LE PLAN ET ROSALIE

DANS SA CHAMBRE, E-Z, Lia, Alfred et l'oncle Sam discutent de la conversation qu'ils ont eue.

"Je n'arrive pas à croire que le vrai Charles Dickens nous ait appelés au téléphone", a déclaré Sam.

"Oui, mais ce que je ne comprends pas, c'est pourquoi il est ici. Et pourquoi il est venu ici", dit E-Z. "Je veux dire, il a dix ans - il pense. Et son mode de déplacement semble bizarre, une boîte carrée à miroir. Qu'est-ce que c'est que ça ?"

"Cela ne ressemble pas à un vaisseau spatial", dit Alfred, "mais nous ne savons pas à quoi il ressemble".

"Attendez une minute !" dit Lia.

E-Z la regarde. "Tu penses à la même chose que moi ?"

Elle a acquiescé.

"QUOI ?" demande Alfred.

"Tu te souviens quand les archanges nous ont convoqués pour nous dire que l'un d'entre nous devait mourir ? demande Lia.

Alfred et E-Z acquiescent.

"Pensez au conteneur. Comme si tu y étais à nouveau et que tu te souvenais des choses que nous avons trouvées. Les papiers qu'on a trouvés ?"

"Je vois où vous voulez en venir. Tu veux parler des informations sur l'autre monde. Sur nos vies dans d'autres dimensions ?" demande E-Z.

"Exactement", dit Lia.

Alfred rebondit sur le lit.

"Quoi ?" demande Sam.

E-Z explique, du mieux qu'il peut.

"Voyons si j'ai bien compris", dit Sam. "Nous avons tous une vie, ailleurs qu'ici. Je veux dire sur terre. Il y a d'autres versions de nous-mêmes, qui vivent des vies différentes de la nôtre. À des époques différentes, dans des espaces différents, dans des dimensions différentes"

"C'est exact, dit E-Z.

"On peut changer de vie alors ?" demande Sam. "Je veux dire, changer le résultat ? Pouvons-nous empêcher des choses terribles de se produire ?"

"Je ne pense pas, dit Lia. "Mais je ne sais pas ce qu'ils veulent que nous sachions sur les autres dimensions. Mais d'après ce qu'Eriel nous a dit, nous sommes le centre. Tout ce qui se passe tourne autour de nous et de la vie que nous menons actuellement."

"Donc", dit Alfred, "la présence de Charles Dickens ici doit avoir quelque chose à voir avec Eriel et les autres".

"Oui, c'est ce que je pense aussi", dit E-Z. "Mais pourquoi maintenant ? Les procès sont terminés. C'était leur choix. Pourtant, ils n'arrivent pas à me laisser tranquille."

"Ramener Charles Dickens à la vie. Et une version de dix ans en plus ! Cela n'a aucun sens pour moi", a déclaré Lia.

"Peut-être que lorsque nous le rencontrerons", a dit Sam, "tout aura un sens".

"Pas s'il s'agit d'Eriel", dit E-Z. "Rien n'est jamais simple avec lui".

"Il semble qu'un voyage à Londres soit notre seul moyen de le savoir", a déclaré Sam.

"J'ai l'impression que je n'étais pas là il y a si longtemps."

"Oui, c'est facile pour vous d'y aller. Tout ce que vous avez à faire, c'est de pointer votre chaise dans la bonne direction et vous partez", a déclaré Alfred. "Alors que pour moi, il y a beaucoup d'énergie en jeu avec tous ces battements, et le vent est un facteur.

Vous pourriez prendre l'avion si l'oncle Sam vous accompagnait", suggère E-Z. "Vous n'auriez qu'à vous asseoir avec les autres passagers et à profiter du voyage". "Vous n'auriez qu'à vous asseoir avec les autres passagers et à profiter du voyage".

Alfred baisse la tête.

"Je ne dis pas ça pour que tu te sentes mal. Je te rappelle seulement que nous sommes tous dans le même bateau."

"J'ai compris. Et merci."

D'accord, revenons à nos moutons", ajoute E-Z. Il éteint la télévision.

Lia regarde fixement devant elle, comme si elle était en transe. "Rosalie ! s'exclama-t-elle.

"Qui ? demande Alfred.

Lia continue de regarder dans le vide.

"Lia va bien ?" demande Sam. "Elle respire à peine.

Lia se lève. "J'ai quelque chose à vous dire. J'ai rencontré quelqu'un, pas en personne, mais dans ma tête. Elle est dans ma tête et je lui parle depuis un certain temps. Elle m'a demandé de ne rien dire - pour l'instant. Je pense que c'est peut-être lié à cette histoire de réincarnation de Charles Dickens."

"Nous écoutons", dit E-Z en se rapprochant.

"Elle s'appelle Rosalie. Elle vit dans une maison de retraite à Boston - et elle est assez âgée. Elle est atteinte de démence."

"N'est-ce pas celui qui provoque la perte de mémoire ?" demande Alfred.

Mais dès que Rosalie entendit Lia prononcer son nom, elle fut transportée dans son esprit et dans son corps jusqu'à la chambre d'E-Z. Elle plana au-dessus d'elles, écoutant attentivement chaque mot prononcé. Elle plana au-dessus d'eux, écoutant attentivement chaque mot prononcé. Elle se racla la gorge pour voir s'ils pouvaient la voir ou l'entendre - ce n'était pas le cas. Elle regrette de ne pas avoir emporté son carnet et son stylo.

BINGO.

Les deux arrivent dans ses mains. Elle sourit et se met à prendre des notes.

"Vous voulez dire que vous vous connectez tous les deux - par l'intermédiaire de l'ESP ? demande Alfred. "Je croyais être le seul à avoir une perception extrasensorielle ?"

"Ce n'est pas exactement un ESP, je ne pense pas. Pas de la même manière que vous."

"Comment cela ? demande Alfred.

"Les souvenirs de Rosalie ont disparu. La plupart d'entre eux en tout cas. Elle ne reconnaît même pas sa famille lorsqu'elle vient lui rendre visite. Ils ne viennent pas souvent. Cela ne la dérange pas, car elle ne les aime pas. Mais d'une manière ou d'une autre, nous avons tissé des liens. Elle savait tout de nous et de nos pouvoirs. Elle a veillé sur nous, en quelque sorte."

"Pourquoi nous dites-vous cela maintenant ? demande E-Z.

"Parce qu'elle a dit que c'était bon. Elle a également mentionné la Chambre Blanche. Elle y est allée non pas une, mais deux fois. La première fois, elle a été ramenée saine et sauve dans son lit, mais pas cette fois-ci. Elle dit qu'elle y est maintenant et qu'ils ne la laissent pas rentrer chez elle."

"Comme vous le savez tous les deux, j'ai été dans une Chambre Blanche", a-t-il dit. "C'est là que les Archanges m'ont fait leurs premières promesses et m'ont dit que je pourrais à nouveau être avec mes parents. En gros, c'est là qu'ils m'ont fait monter à bord en utilisant les épreuves."

Sam renchérit : "Eriel m'a kidnappé une fois dans la Chambre Blanche. C'était assez agréable, au début en tout cas - jusqu'à ce qu'il ne me laisse pas partir."

"Oui, dit E-Z, Eriel n'a pas de tact. Et c'est un endroit plutôt cool. On obtient tout ce qu'on demande en y pensant - comme de la magie. Et il y a des livres - des livres avec des ailes. Mais je ne veux pas entrer dans les détails, concentrons-nous sur Rosalie. Qu'est-ce qui se passe maintenant ?

Rosalie rit, pensant que si elle disait à Lia qu'elle était à deux endroits à la fois ? Non, cela pourrait les effrayer. Elle discuta avec Lia dans sa tête et raconta quelques mensonges en cours de route.

"Elle dit qu'elle fait semblant de dormir. Elle se souvient de deux points, un vert et un jaune, flottant devant ses yeux."

"Hadz et Reiki", dit E-Z. "Dis-lui de ne pas avoir peur d'eux. Ce sont les gentils."

Ah, soupire Rosalie. Elle réalisa alors que c'était peut-être l'occasion qu'elle attendait. De parler aux Trois des autres. Elle réfléchit attentivement, puis décida qu'il était temps de partager ce qu'elle savait.

"Oh attends, elle veut que je te dise quelque chose". Lia regarde devant elle tandis que la voix de Rosalie s'échappe d'entre ses lèvres : "Il y en a d'autres comme toi, je les ai vus. Je crois que c'est pour ça que je suis là."

"D'autres, comme nous ? s'exclament Lia, Alfred et E-Z.

"Je ne sais pas si je dois leur parler des autres enfants présents dans cette pièce. Avez-vous des conseils à me donner ? Que dois-je dire ? Vont-ils me faire du mal ? Si je leur parle des autres enfants, est-ce qu'ils vont leur faire du mal ?" dit Rosalie, par l'intermédiaire de Lia.

"A toi, E-Z", dit Lia.

Écoutez d'abord ce qu'ils ont à dire", a déclaré E-Z. "Ils vous diront ce qu'ils savent déjà. "Ils vous diront ce qu'ils savent déjà et vous pourrez alors décider de ce qu'ils ont besoin de savoir de plus, le cas échéant.

"C'est un bon conseil", dit Alfred. "Il faut toujours savoir écouter. Surtout quand on est retenu contre son gré dans un endroit inconnu."

Lia propose : "Je tiendrai les gars au courant, si vous voulez que nous restions en ligne - pour ainsi dire".

Rosalie prend la parole en utilisant la bouche de Lia comme s'il s'agissait de la sienne, "J'ai besoin de garder toutes mes facultés... alors je vais dire "terminé" pour l'instant. Merci à toi et à la bande pour leur aide. Je vous contacterai si j'ai besoin de vous pendant que je suis ici. Sinon, je vous tiendrai au courant quand je serai de retour à la maison, ce qui ne saurait tarder car je manque le dîner. Ce soir, il y a de la dinde, de la purée de pommes de terre et des petits pois". Elle hésite. "Oh, et au fait Lia, c'est un joli haut que tu portes".

BINGO.

"Merci", dit Lia en baissant les yeux sur son t-shirt, se demandant comment Rosalie pouvait savoir ce qu'elle portait.

"Quoi ?", demande E-Z. demande E-Z.

"Oh, rien", dit Lia.

De nouveau dans la chambre blanche. Rosalie pense que son carnet serait mieux placé dans le tiroir de sa table de nuit.

BINGO

Et ils sont partis.

BINGO

Le dîner est arrivé. Tout était délicieux, mais elle ne pensait plus qu'à un milk-shake épais à la fraise.

BINGO.

L'un d'eux est arrivé, accompagné d'une part de tarte au citron meringuée.

C'est alors qu'arrivent Eriel et Raphaël.

"Oh, oh", dit l'échelle, alors qu'ils flottent vers elle, comme s'ils étaient déguisés pour Halloween.

"Suis-je en train de rêver ? Ou morte ?" demande Rosalie.

"Ni l'un ni l'autre", répondent les archanges.

CHAPITRE VINGT-DEUX

RENCONTRE

"ALLEZ-Y, FINISSEZ VOTRE REPAS", dit Raphaël.

"Oui, nous n'avons rien de mieux à faire, dit Eriel.

Pendant qu'ils la regardaient manger, Rosalie avait du mal à mâcher. Elle avait du mal à goûter. Et il semblait faire plus froid. Elle jeta un coup d'œil aux étagères, à l'échelle. Elle avait l'impression que ces deux étrangers ne préparaient rien de bon et posa son couteau et sa fourchette.

"Tout d'abord, commença Eriel, cette conversation doit rester entre nous et seulement entre nous.

Dans son esprit, elle s'adressa à Lia. "Es-tu là, mon enfant ? Tu m'écoutes ?"

"...Extinction."

"Je suis désolée", dit Rosalie, "mais pourriez-vous recommencer, je veux dire depuis le début ? Je suis vieille et j'ai perdu le fil de ce que vous me disiez".

Eriel souffla. Comme un petit garçon qui s'est fait gronder, il ouvrit ses ailes et s'envola. Arrivé en haut de la bibliothèque, il croisa les bras et attendit. Il attendait que Raphaël tente sa chance.

Raphaël se penche plus près de Rosalie.

Tes lunettes sont vraiment superbes", dit Rosalie, "mais elles me donnent un peu le mal de mer avec tout ce sang qui bat et flotte à l'intérieur". "Mais elles me donnent un peu le mal de mer avec tout ce sang qui bat et qui flotte à l'intérieur".

Eriel rit.

Raphaël enlève ses lunettes et les range dans les poches de sa robe noire.

"Ma chère Rosalie", dit Raphaël en roucoulant, "je vous prie d'ignorer l'impolitesse de mon érudit ami, mais nous sommes dans une situation délicate. Une situation dans laquelle nous avons besoin non seulement de ton aide, mais aussi de celle d'E-Z, de Lia, d'Alfred et des autres. Vous savez à qui je fais allusion quand je parle des autres, n'est-ce pas ?"

Rosalie acquiesce, sans rien dire.

"Nous sommes une équipe d'archanges et nos pouvoirs sont limités. Ce qui se passe dans le monde entier arrive aux âmes".

"Tu veux dire, quand les gens meurent ? demande Rosalie.

"Exactement.

"Mais n'est-ce pas plus votre domaine que le nôtre ? Vous avez parlé à Dieu - il vous connaît, n'est-ce pas ? Et si vous essayez de remédier à une situation désastreuse, pourquoi ne pas le lui demander directement ?"

Comme Raphaël et Eriel ne parlent pas, Rosalie continue.

"D'après ce que j'ai compris, lorsqu'une personne meurt, son corps est enterré. Ou incinéré. Son âme - si elle existe - vit dans un autre lieu."

En quelques secondes, Eriel s'est retrouvée face à elle en grognant. "C'est faux.

Raphaël l'écarte. "C'est plus compliqué que tu ne le penses. Trop compliqué pour que la plupart des humains puissent le comprendre."

"Les humains sont très intelligents", dit Rosalie. "Nous sommes allés sur la lune, nous avons inventé l'avion, Internet, le feu. Je ne suis pas un génie, et pourtant vous m'avez fait venir ici pour me convaincre."

Eriel rit à nouveau.

Cette fois, Raphaël n'a pas pu s'empêcher de rire à son tour.

Et a ri. Et ri.

Ni l'un ni l'autre n'ont pu s'arrêter.

Rosalie les a ignorés. Ignorant ce qui se passait autour d'elle. L'échelle se jetant d'avant en arrière, d'arrière en avant. Les livres qui sortaient, puis rentraient à nouveau. C'était un tel vacarme. Tellement bruyant. Elle aspirait à retrouver le calme de sa chambre.

Anne aux pignons verts, pensa-t-elle.

BINGO.

Le livre était entre ses mains. Elle l'ouvrit, trouva un signet et lut. S'ils avaient besoin de son aide, ils devraient travailler pour l'obtenir. Maintenant qu'ils l'avaient insultée, elle et toute la race humaine, elle n'allait pas leur faciliter la tâche.

"C'est bien", murmure Lia dans l'esprit de Rosalie. "Tu es aux commandes. Et je suis ici avec E-Z et Alfred et nous te soutenons."

Raphaël et Eriel riaient encore. Incontrôlables. Rebondissant l'un sur l'autre en plein vol, comme des ballons attachés l'un à l'autre.

Elle se souvint alors que sa tarte au citron meringuée n'avait pas encore été mangée. Elle mit le livre de côté, enfonça sa fourchette dans la tarte et en prit une bouchée. Elle était parfaite. Ni trop sucrée, ni trop acidulée, exactement comme sa mère la préparait. Elle prit une autre bouchée.

Au-dessus d'elle, Eriel et Raphaël étaient hystériques.

"Arrêtez ! cria Rosalie. "Vous êtes les deux choses les plus grossières et les plus odieuses que j'aie jamais rencontrées, et j'ai rencontré des gens assez odieux dans ma vie. Et j'ai rencontré des gens assez odieux dans ma vie". Elle pose sa fourchette. "On ne vous a jamais appris les bonnes manières ? Des manières tout court ?" Elle reprit sa fourchette et la pointa dans leur direction.

Eriel a volé vers le bas. Il était sur Rosalie, la bouche ouverte en quelques secondes. Elle le planta dans le lemon curd, puis l'enfonça dans la bouche de l'archange.

"Ewwwwww !" a-t-il crié. Il l'a recraché comme si elle lui avait donné de l'arsenic.

"Ma mère m'a toujours appris à partager", dit-elle avec un sourire en coin.

La pâleur d'Eriel est passée du noir au vert. Après avoir vomi, il disparut à travers le mur.

"Je suppose qu'il n'est pas fan de tartes ?" dit Rosalie.

Lia riait dans l'esprit de Rosalie.

Raphaël sortit ses lunettes des poches de sa robe, les nettoya et les remit sur son visage. Elle s'assit à côté de Rosalie. Elle était si près d'elle qu'elle était presque assise sur ses genoux.

Pauvre Rosalie.

"NOUS SAVONS QU'IL Y EN A D'AUTRES ET NOUS DEVONS SAVOIR QUI ILS SONT ET OÙ ILS SE TROUVENT - MAINTENANT !

Au fur et à mesure qu'elle parlait, le visage de Raphaël se contorsionnait, devenant méconnaissable.

Les cheveux de Rosalie se hérissent. Son corps tremble.

"Les gens impolis n'obtiennent jamais ce qu'ils demandent et vous, ma chère, êtes très impolie. Et ton ami aussi", chuchote Rosalie.

Rosalie redevient celle qu'elle était auparavant.

Mais cette fois-ci, l'archange a changé de ton. Et sa voix était sirupeuse quand elle disait,

"Je vais traverser ce mur et rejoindre Eriel . Dans cinq minutes, nous reviendrons et nous recommencerons. Nous avons besoin de votre aide - vous avez raison - et nous ne la demandons pas comme nous le devrions." Puis à la femme dans le mur : "Réglez la minuterie sur cinq minutes." Puis à Rosalie : "Quand le chronomètre sonnera, nous reviendrons et nous recommencerons." Comme promis, Raphaël se dirigea vers le mur et disparut à travers.

L'horloge accrochée au mur tic-tac bruyamment. Elle ne semblait pas à sa place. Elle était même trop bruyante pour la bibliothèque.

"C'est très ennuyeux", dit l'échelle en se rapprochant.

"Je suis désolée pour tout ce remue-ménage", dit Rosalie. "Ma présence ici n'a causé que du chaos."

"Nous vous aimons bien", dit l'échelle. "Pourquoi ne pas bouger un peu ? Tu te sentiras mieux."

Rosalie se leva, s'attendant à se sentir fatiguée après un repas aussi copieux. Au lieu de cela, elle était pleine d'énergie. Surtout ses jambes. Elles lui donnaient l'impression d'avoir à nouveau dix ans. Elle exécuta un saut de cheval. Quel plaisir !

"Et maintenant, dit Rosalie, pour son prochain tour. La Grand-Mère va tenter non pas une, ni deux, mais trois roues de charrette consécutives" - ce qu'elle fit. "Merci, merci !" dit-elle en s'inclinant et en saluant comme si elle avait gagné une médaille d'or aux Jeux Olympiques.

BRRRIIIING.

La minuterie s'est écoulée. Eriel et Raphaël sont arrivés.

Les archanges étaient habillés différemment. Comme s'ils allaient à deux fêtes différentes.

Eriel portait un costume sombre à rayures, une chemise blanche et une cravate.

Raphaël portait une robe rouge semblable à celle de Mumu, qui couvrait entièrement son corps du cou aux orteils.

"Je me sens mal habillée", dit Rosalie.

BINGO.

Elle portait maintenant sa plus belle robe. C'est celle qu'elle avait indiqué vouloir porter après sa mort.

Elle se laissa tomber dans le fauteuil, les yeux fixés vers le haut. Les archanges flottaient vers elle. Leurs ailes bougeaient, comme celles des papillons, et ils s'approchaient d'elle avec grâce et beauté. Ses yeux se mirent à briller.

"Comment puis-je vous aider, mes chéris ? demande Rosalie.

C'était comme s'ils avaient un pouvoir sur elle à présent, un pouvoir qu'elle ne voulait pas surmonter.

Elle tomba sur le sol, maintenant agenouillée devant les deux archanges. Raphaël lui toucha l'épaule droite et Eriel l'épaule gauche.

"Dites-nous ce que nous avons besoin de savoir", ont-ils roucoulé.

"Les autres sont dispersés", dit-elle, puis elle s'effondre sur le sol comme une marionnette sans fil.

"Elle est trop âgée pour cela, dit Eriel. "Si elle meurt, elle ne nous sera d'aucune utilité."

"Continuez, ça marche."

POP.

POP.

Hadz et Reiki apparurent, chacun chuchotant à l'oreille de Rosalie. Ils l'aidèrent à se lever.

"Sortez d'ici, bande d'intrus !" cria Eriel d'une voix explosive,

Rosalie sort de la transe dans laquelle ils l'ont mise.

"Va-t'en !", s'exclama Raphaël. Raphaël s'exclama et il n'y eut pas de POP, mais un seul son...

SPLAT.

Rosalie mit ses mains sur ses hanches, "J'espère que vous n'avez pas fait de mal à ces deux chéris. En fait, si tu veux que j'envisage de t'aider, tu dois les ramener ici MAINTENANT pour que je puisse voir qu'elles vont bien. Je refuse de vous dire quoi que ce soit d'autre tant que vous ne les aurez pas ramenées". Elle traversa la pièce, s'assit dos au mur blanc, ferma les yeux et attendit. Elle avait toute la journée, toute la semaine, toute l'année devant elle. Elle n'était pas pressée d'être quelque part ou de faire quoi que ce soit.

POP.

POP.

"Merci", disent Hadz et Reiki en s'asseyant sur les épaules de Rosalie.

"Nous sommes en train de tout gâcher", dit Raphaël. Puis il s'adresse à Hadz et à Reiki : "Vous connaissez la situation dans laquelle se trouve la Terre, pouvez-vous nous aider à obtenir l'aide de cet être humain ?"

Reiki dit : "Nous savons qu'il y a un problème ! Si vous n'aviez pas renié l'accord avec E-Z, Lia et Alfred, ils seraient déjà à bord. Rosalie ne fait confiance à aucun d'entre vous".

Hadz a ajouté : "Et vous n'avez pas été honnête avec elle".

Hadz a déclaré : "Avec les humains, la confiance et l'honnêteté sont essentielles".

Eriel s'élança vers eux.

Raphaël le retint avant de dire : " Une erreur a été commise, de notre part, et cette erreur a une cause et un effet. Nous essayons de sauver la terre des dommages collatéraux. Le seul moyen d'y parvenir est de faire appel à ceux qui ont reçu des pouvoirs, des pouvoirs surnaturels, des pouvoirs de super-héros. Sans eux, l'humanité échouera - et ce sera notre faute".

Rosalie se lève. Elle jeta un coup d'œil aux deux petites créatures qui étaient assises sur chacune de ses épaules. "Puis-je leur faire confiance ?"

"Raphaël est digne de confiance, dit Hadz.

"Mais nous ne sommes pas sûrs de lui", dit Reiki.

POP.

POP.

Tous deux disparaissent, de peur d'être renvoyés dans les mines par Eriel.

Eriel s'éleva, de plus en plus haut, puis disparut à travers le plafond.

Rosalie change de sujet. "Pendant que j'y réfléchis, pouvez-vous m'expliquer ce qu'est cet endroit ? Je l'appelle la Chambre Blanche, mais est-ce le bon nom ? Et pourquoi chaque fois que je souhaite quelque chose, cela apparaît ? Peut-être s'agit-il de la Salle Magique ?" À ce moment-là, Rosalie pense à E-Z, l'ange/garçon en fauteuil roulant.

ACK.

E-Z est arrivé.

"Il se rend compte qu'il a rejoint Rosalie dans la salle blanche. Il pensa à ses lunettes de soleil et

PRESTO

Il en avait sur le visage. Il fit le tour de la pièce, retrouvant la sensation de ses jambes et du sol. Puis il tendit la main et dit : "Vous devez être Rosalie."

Et vous devez être E-Z, dit-elle, sans votre fauteuil roulant. Cet endroit est vraiment magique !"

"Et bonjour, Raphaël."

"Bienvenue, E-Z", dit Raphaël. Puis il s'adresse à Rosalie : "Tant pis pour la discrétion, c'était censé être confidentiel."

"Quelles que soient les promesses qu'elle te fait, elle ne les tiendra pas. Elle est incapable de tenir sa parole - et Eriel est encore pire, tout comme Ophaniel - et tu ne l'as même pas encore rencontrée. Mais je te laisse savoir qu'ils sont tous des menteurs."

"Je l'ai compris", admet Rosalie. "Et il est parti, Eriel se comporte comme une enfant gâtée".

"J'aurais aimé voir ça", dit E-Z. "Ça ne ressemble pas du tout à Eriel, mais ça aurait été une chose impressionnante à voir.

"Assez de cordialité, dit Raphaël, je n'ai pas d'autre choix que de t'expliquer la situation. "Je n'ai pas d'autre choix, je suppose, que de t'expliquer la situation à toi aussi. Elle tapa du pied et ses ailes retombèrent sur ses flancs en signe de bouderie. Elle se tourna vers E-Z et Rosalie. "Le monde a besoin d'être sauvé, à cause d'une erreur de notre part. Voulez-vous, vous et les autres, nous aider à rectifier la situation, je veux dire à sauver la Terre, ou non ?"

Rosalie et E-Z échangent un regard.

"Allez-y", dit-elle. "Je suis d'accord avec tout ce que vous déciderez".

E-Z n'a pas répondu immédiatement.

"Si vous me dites tout, je le transmettrai aux autres et nous voterons. Nous sommes un groupe démocratique."

"Combien de temps cela va-t-il prendre ? Raphaël se moque. "Et comment vas-tu me rappeler à l'ordre ? Dois-je peut-être garder Rosalie ici comme prisonnière jusqu'à ce que tu trouves une solution ? Est-ce que vingt-quatre heures suffiront ?"

Rosalie dit : "Cela ne me dérange pas de rester dans cette chambre. Il y a plein de livres à lire et je peux commander tout ce que je veux. C'est beaucoup plus intéressant et passionnant que de rester à la maison."

E-Z acquiesce. Il dit à Rosalie : "Merci et tu as raison, cette chambre est très spéciale. Tu y seras en sécurité." Puis il s'adressa à Raphaël : "Rosalie ne sera pas votre prisonnière, elle sera même votre invitée." Un livre s'envola de l'étagère et atterrit dans sa main. C'était Harry Potter et la Chambre des Secrets.

"J'aimerais bien le lire", dit Rosalie. Le livre quitta la main d'E-Z et vola vers Rosalie. Elle l'attrapa, l'ouvrit et commença immédiatement à lire.

"Rosalie sera notre invitée", dit Raphaël. "Vingt-quatre heures alors ?"

"Vingt-quatre heures", acquiesce E-Z.

"Attendez !" hurle une voix. Une voix sans corps. Une voix qui résonnait et résonnait encore. Jusqu'à ce qu'un livre se détache d'une étagère. Il plongea vers le sol, jusqu'à ce que ses ailes s'élancent vers l'avant et lui évitent de se briser le dos.

Raphaël a eu l'air surpris par la voix. Elle tenta de reculer, mais quelque chose la retint.

Rosalie et E-Z ont attendu et écouté.

"Raphaël ne t'a pas tout dit, dit la voix tonitruante.

C'était comme si l'air vibrait à chaque syllabe, mais d'une manière bonne, gentille et douce, pas d'une manière effrayante de fin du monde.

"Dites-nous", dit E-Z.

"Un peu plus doucement", suggère Rosalie. "Je suis vieille, mais pas sourde, vous savez !"

"Désolé", dit la voix. Il se racle la gorge. Puis il chuchota : "E-Z Dickens, te souviens-tu des choix que nous t'avons donnés ? Les deux choix ?"

E-Z s'en souvient assez bien. L'un d'eux devait rester dans le silo pour toujours. Les souvenirs de sa famille en boucle. L'autre était de retourner à sa vie avec l'Oncle Sam.

"Oui.

"Dites-moi ce dont vous vous souvenez à propos des choix ?" demande la voix.

"Ils m'ont dit que je pouvais rester dans le conteneur et revivre en boucle les souvenirs de ma famille ou retourner à ma vie avec l'Oncle Sam.

"Et l'attrapeur d'âmes ? Qu'en est-il ?"

"Rien", admet E-Z en haussant les épaules.

La voix beuglait, comme si le fait de parler maintenant lui causait de la douleur. Les étagères ont tremblé et des objets sont entrés et sortis en l'air de manière aléatoire. Il y eut d'abord un cornichon géant. L'objet vert tourna dans le sens des aiguilles d'une montre, puis dans le sens inverse, avant de disparaître.

Ensuite, une boule à facettes est apparue au-dessus d'eux. Elle changeait de couleur au fur et à mesure qu'elle tournait. Lorsqu'elle tourna beaucoup trop vite, ils craignirent qu'elle ne s'écrase sur eux. Ils se sont mis à l'abri, mais avant qu'ils n'y parviennent, la boule a disparu.

Ensuite, la tête d'un clown est apparue. Elle flotte devant eux et dit : "Ce qui est noir et blanc, noir et blanc, noir et blanc, noir et blanc".

"Assez !", tonne la voix.

"Je suis désolé, dit Raphaël.

"Vous devriez !" dit la première voix en tremblant. Puis, plus calmement, plus doucement, il dit : "E-Z et son équipe doivent tout savoir sur les capteurs d'âmes. Sinon, ils ne comprendront pas la complexité de la brèche."

La voix marqua une pause de quelques secondes, puis poursuivit : " Un capteur d'âmes récupère les âmes lorsqu'un corps humain meurt. C'est un lieu de repos sans fin. Tous les humains et toutes les créatures ont des vaisseaux où aller. Ce que vous appelez un silo est un capteur d'âmes. Un lieu de repos pour l'éternité."

"D'accord", dit E-Z. "Alors, quel est le rapport avec la fin du monde ?"

"Je veux voir mon attrapeur d'âmes", dit Rosalie.

"Si toi et tes amis ne faites rien, personne n'aura d'attrapeur d'âmes. Quand ton corps mourra, tu mourras. C'est tout. Fin de l'histoire. Ton âme et celles des autres n'auront nulle part où aller et quand une âme n'a nulle part où aller, elle n'a plus de raison d'être. Elle n'a plus de raison d'être. Et sans âmes, les humains ne sont que de simples costumes de viande."

"Attendez une minute", dit E-Z. "Tu es en train de dire que la personne qui est responsable des Attrapeurs d'âmes. Quel que soit le nom qu'on lui donne - PDG, président, vous avez l'essentiel. Es-tu en train de dire qu'ils ont été compromis ?"

Raphaël ouvrit la bouche pour répondre, mais E-Z n'avait pas encore fini de parler.

"Comment fonctionne cette histoire d'attrape-âmes ? J'ai été convoqué dans le mien à plusieurs reprises, et je ne suis même pas MORT. Es-tu en train de dire que ces êtres, quels qu'ils soient, peuvent maintenant me forcer à entrer dans mon attrapeur d'âmes à leur guise ?" Il hésita : "Et que savez-vous de Charles Dickens ? Il est arrivé dans un conteneur à miroir, donc pas dans un capteur d'âme. Comment son âme est-elle passée d'un endroit à l'autre ? Sa résurrection est-elle due à vous, les archanges ?"

Raphaël attend de voir s'il a d'autres questions.

C'est ce qu'il a fait.

"Et que dire de mes deux meilleurs amis, PJ et Arden. Comment s'intègrent-ils ? Ils sont tous les deux dans le coma. Je veux les ramener à la vie. Est-ce qu'en vous aidant, vous les aiderez ?"

La voix dans le mur tonna en réponse.

"Personne ne dirige Soul Catchers. Ce n'est pas une entreprise à but lucratif. Lorsque quelqu'un meurt, son âme est capturée et vit dans l'attrapeur d'âmes qui lui a été attribué."

"Je ne comprends pas", dit E-Z. Puis, "Attendez une minute, est-ce que quelqu'un ou quelque chose a détourné les capteurs d'âmes ? Et si la réponse est oui, alors j'aurai besoin de plus d'informations sur qui ils sont avant de nous impliquer. Si vous, les archanges, ne pouvez pas les battre, comment voulez-vous que nous le fassions ?"

La voix dans le mur dit à Raphaël : "Eh bien, Eriel s'est trompé quand il a dit que ce garçon était aussi épais qu'une brique. Il a réussi, d'un seul coup. Bravo, E-Z."

"Euh, merci, je crois", a-t-il dit. "Mais qu'est-ce que j'ai réussi à faire exactement ?"

La voix continue. "Trois déesses ont en effet détourné les capteurs d'âmes."

E-Z ouvrit la bouche pour parler, mais avant qu'il ne puisse le faire, la voix reprit la parole.

"Charles Dickens n'est pas arrivé dans un attrapeur d'âmes, comme vous le pensiez. Les parents de sang ont des pouvoirs sur le temps et l'espace. Vous l'avez convoqué. Il est venu t'aider."

"Je ne l'ai pas convoqué ! dit E-Z.

"Et pourtant, il est revenu, il connaissait votre nom et voulait vous aider, n'est-ce pas ?"

E-Z acquiesce.

"Et pour répondre à votre dernière question, oui, la vie de vos amis est en danger à cause des trois déesses.

"Déesses ?" répète E-Z. "Comme dans la mythologie grecque ? Elles sont réelles ? Je croyais que toutes ces histoires étaient de la fiction."

"Ils sont basés sur des faits historiques", a déclaré M. Raphael.

"Nous ne pouvons pas affronter une équipe de déesses mythologiques ! s'exclame E-Z. "Nous sommes des enfants.

"Les risques sont bien plus grands si vous ne le faites pas, car nous n'avons personne d'autre à qui demander de nous aider. Il n'y a pas de Batman, pas de Spiderman, pas de super-héros dans la vraie vie. Les seuls héros, c'est vous, les enfants. Allez-vous nous aider ? Nous savons comment, pour résoudre ce problème, nous avons besoin de corps, de personnes sur le terrain. Les humains dotés de pouvoirs peuvent gagner. Vous pouvez vaincre cette chose. Ces choses. D'abord, vous pouvez les voir. Nous ne pouvons pas, dit Raphaël.

"Je sais que vous avez besoin d'aide, mais je ne vois pas comment nous pourrions sauver la situation - pas contre de puissantes déesses. Oui, nous avons des pouvoirs, mais contre quoi nous battons-nous exactement ? Qu'attend-on de nous ? Quels sont les dangers qui nous guettent ? Je veux dire, vous êtes déjà morts, nous ne le sommes pas. Si nous vous aidons, quels sont les risques ?"

Il hésite et, comme personne ne dit rien, il continue.

"Si nous sommes d'accord, pouvez-vous protéger mon oncle Sam, sa femme Samantha et les bébés ? Pouvez-vous vous assurer que PJ et Arden ne finiront pas morts dans Soul Catchers ? Et qu'est-ce que ça nous apportera ? Après tout, nous risquerions notre vie. Vous n'êtes pas humain, vous n'avez donc rien à perdre !"

Rosalie s'est interposée : "E-Z, je ne pense pas que tu aies le choix. Tu as raison, il y aura des risques et je ne suis pas encore morte - mais je suis vieille - donc le risque pour moi n'est pas si grand. De plus, j'aime l'idée que lorsque ma vie prendra fin, il y aura un attrapeur d'âmes qui m'attendra."

E-Z acquiesce. "Je comprends. L'idée que mes parents flottent dans les parages. Seuls. Sans domicile fixe. Sans attrapeur d'âmes. Ça me rend malade. Ça me rend tellement furieux que j'ai envie de cracher. Mais je dois quand même parler aux autres," répéta E-Z en croisant les jambes. C'était si bon de pouvoir faire des choses aussi simples que de croiser les jambes.

Tu deviens un vrai orateur, lui dit Lia dans sa tête.

"Merci", a-t-il répondu.

"Comme vous l'étiez à l'époque", dit la voix. "Vingt-quatre heures. Pendant ce temps, Rosalie restera ici avec nous."

"En tant qu'invité", souligne E-Z.

"Ça va aller", dit Rosalie. "Et je garderai le contact en discutant avec Lia. Lia et moi aimons discuter".

Il acquiesce. Avec Lia, par Lia. E-Z n'était pas sûr de ce qu'ils savaient et de ce qu'ils ignoraient - mais il n'allait pas leur donner quelque chose qu'ils n'avaient déjà pas.

"A bientôt", a-t-il dit en faisant un signe de la main.

Puis il est retourné dans son fauteuil roulant. Il se retrouve face à ses amis. Mais comment leur dire ? Comment leur expliquer ?

Finalement, il a décidé que la meilleure chose à faire était de tout déballer. Et c'est exactement ce qu'il a fait.

CHAPITRE VINGT-TROIS

CH-CH-CH-CHANGEMENTS

BIEN QUE LES NOUVELLES d'E-Z ne soient pas celles qu'ils s'attendaient à entendre, Alfred et Lia avaient beaucoup de choses à dire en réponse.

"Ils ont du culot ! s'exclame Alfred. "Après ce qu'ils nous ont fait. Je veux dire faire des promesses, puis les renier et changer le plan de jeu. Pour ma part, je ne fais confiance à aucun d'entre eux, aussi loin que je puisse les lancer."

"C'est énorme, et cela concerne nos proches qui sont morts", a déclaré E-Z.

"Comment cela ?" demande Sam.

"Je ne connais pas les détails. Tout ce que je sais, c'est qu'il s'agit de trois déesses maléfiques dont le plan est de détourner et de contrôler tous les capteurs d'âmes."

"C'est fou !" dit Lia. "Pourquoi voudraient-ils les avoir ? Pourquoi se donner tant de mal ? Qu'est-ce qu'ils y gagnent ?"

"Attendez", dit E-Z. "Je vais vous dire tout ce qu'ils m'ont dit. N'oubliez pas qu'ils ne sont pas sûrs non plus.

"Quoi qu'il en soit, voici ce qu'il en est. Ce sont des déesses mythologiques qui ont été ramenées à la vie. Leur but est de contrôler les capteurs d'âmes, par tous les moyens possibles.

"Et la façon dont ils ont choisi de le faire, c'est de tuer des gens. Des gens qui n'étaient pas censés mourir ! Puis ils les placent dans des capteurs d'âmes qu'ils ont détournés. A des gens qui en ont besoin. Ainsi, leurs âmes n'ont nulle part où aller."

"Je ne comprends toujours pas", dit Lia.

"Pensez-y de cette façon. Lia, toi, Alfred et moi avons déjà été dans nos attrape-âmes. Peu de gens sont autorisés à y entrer avant d'être morts. Je veux dire, qui voudrait l'être ?"

"D'accord", dit Alfred.

"Idem", dit Lia.

"Mais si je te disais maintenant que ton attrape-âme a été rempli par quelqu'un d'autre et qu'il ne t'appartient donc plus ?

"Les humains ne connaissent même pas les attrapeurs d'âmes ! s'exclame Alfred. "La plupart d'entre eux pensent que leurs âmes vont au paradis (ou, si elles sont mauvaises, à l'endroit le plus chaud). Mais ce n'est pas le cas."

"Oui, on ne peut pas rater quelque chose dont on ne sait rien", a déclaré Sam. "On ne peut pas non plus se battre pour quelque chose que l'on ne connaît pas.

"Ils m'ont dit que les âmes de mes parents pourraient être en train de flotter en ce moment même, sans abri. Cela m'a beaucoup touché."

"C'est exactement pour cela qu'ils vous l'ont dit !" dit Sam. "C'est de la manipulation pure et simple.

"Non, c'est du chantage affectif", dit Alfred. "Mais je comprends pourquoi ils ont dit ça. S'ils m'avaient dit la même chose à propos de ma famille, j'aurais voulu m'impliquer. Je veux combattre ces déesses. Si j'étais une tête brûlée, j'agirais immédiatement en fonction de mes émotions. Mais nous devons être logiques. Nous devons garder la tête froide."

"Qui sont ces déesses ? Que savons-nous d'elles ?" demande Lia.

"Et sommes-nous certains que les archanges sont du bon côté ?" demande Sam.

"Ils m'ont dit qu'une erreur de leur part avait provoqué cette situation, mais ils ne m'ont pas dit exactement comment cela s'était produit ni pourquoi. Et ils n'étaient pas d'humeur à être pressés d'obtenir des informations - plus que ce que j'ai déjà pu leur soutirer. De plus, ils ont Rosalie et nous n'avons plus beaucoup de temps pour prendre une décision".

"Exactement, dit Lia. "Et pourtant, comment pouvons-nous décider alors que nous ne savons même pas à quoi nous sommes confrontés ? Ils savent que nous sommes des enfants. Oui, nous avons tous des pouvoirs uniques, mais sont-ils suffisants ? Si les archanges ne sont pas capables de gérer cette situation eux-mêmes... pourquoi savent-ils que nous en serons capables ?"

"Je ne peux pas le dire. Je les ai pressés de m'en dire plus. S'il n'y avait pas eu la voix dans le mur, ils ne m'en auraient pas dit autant que ce que j'ai appris".

"Comment osent-ils nous cacher des informations ? s'exclame Alfred.

"J'ai expliqué ce que je savais. Elles sont trois. Ce sont des déesses, des créatures mythologiques dont je pensais qu'elles n'existaient pas."

"Nous pouvons trouver tout ce dont nous avons besoin pour nous armer contre eux en ligne", dit Sam. "Mais cela prendra du temps. Il hésite. "Cependant, je ne pense pas que nous aurons beaucoup de chance en cherchant des informations sur les attrapeurs d'âmes."

"J'ai déjà essayé et je n'ai rien trouvé."

"Quand avez-vous entendu parler d'eux pour la première fois ? demande Sam.

"La voix dans le mur m'a dit qu'on m'avait déjà parlé d'eux, mais chaque fois que j'essaie de m'en souvenir, c'est comme si un mur bloquait l'information.

"Waouh ! C'est exactement la même chose qui m'arrive", dit Lia. "C'est vraiment bizarre.

E-Z regarde l'heure sur son téléphone. "J'ai donné à chacun d'entre vous beaucoup d'éléments de réflexion. Nous avons jusqu'à demain matin pour prendre une décision ferme... mais je pense que nous n'avons pas d'autre choix que d'accepter de les aider. Je veux dire que si nous ne le faisons pas, alors qui ?"

"J'ai pensé la même chose", a déclaré Alfred. "Mais je n'aime toujours pas la façon dont ils ont procédé."

"Moi non plus", dit Lia. "Je vais me coucher. Bonne nuit à tous. A demain matin." Elle referma la porte derrière elle.

"Vous avez besoin de quelque chose ?" demande Sam.

"Non, c'est bon. Bonne nuit Oncle Sam."

"Nuit E-Z. Je dois te dire à quel point je suis fier de toi et à quel point tes parents seraient fiers de toi."

"Merci.

"Et bonne nuit Alfred", dit Sam en ouvrant la porte.

"Bonne nuit", dit Alfred, puis il s'installe la tête sous son aile et s'endort.

E-Z, incapable de dormir, fixe le plafond, les mains derrière la tête. Il fait quelques abdominaux, puis se tourne sur le côté dans l'espoir de s'assoupir. Au lieu de cela, il aperçoit deux lumières, l'une verte et l'autre jaune, qui flottent dans sa direction.

"Tu es réveillé ?" demanda Hadz.

"Non", dit E-Z avec un sourire en coin en se redressant.

"Nous ne sommes pas censés vous parler, dit Reiki, mais nous devons vous parler, alors vous devez deviner ce que nous ne sommes pas censés vous dire.

"Devinez ? Sérieusement ? Pouvez-vous me donner un indice... vous savez, réduire le champ pour moi, même un peu ?"

Les futurs anges chuchotent entre eux. Ils ne semblaient pas d'accord, car Hadz s'envola d'un côté de la pièce et Reiki de l'autre.

"K, je vais dormir. Quand tu auras trouvé, tu me le diras demain matin."

Il s'est assoupi, puis s'est réveillé. Il était dans son fauteuil et s'envolait dans le ciel. Il attache sa ceinture de sécurité. "Qu'est-ce que c'est ?"

"Nous avons décidé que nous ne pouvions pas réduire le champ d'action pour vous. Ou vous dire ce que vous avez besoin de savoir. Pour prendre une décision éclairée... Nous avons décidé de VOUS MONTRER à la place. Alors, suivez-nous."

Alors que les nuages défilaient et que l'air pur mais frais de la nuit emplissait ses poumons, E-Z se sentait plus vivant qu'il ne l'avait été depuis longtemps. D'une certaine manière, il regrettait d'avoir été convoqué pour les épreuves afin d'aider et de sauver les gens en difficulté.

Depuis qu'il avait cessé de travailler avec l'Eriel, il ne se sentait plus vraiment un super-héros. Certes, il avait sauvé un chat coincé dans un arbre. Et il avait empêché une balle de baseball de briser un précieux vitrail d'église.

Mais la majeure partie de sa vie quotidienne était consacrée à l'avenir. Il prévoyait de terminer le lycée dans les meilleures conditions pour obtenir une bourse d'études. Dans le meilleur collège ou la meilleure université qu'il puisse obtenir.

L'oncle Sam et Samantha préparaient l'arrivée du nouveau bébé. Ils gardaient le secret sur le fait que le bébé soit un garçon ou une fille, et personne n'avait le droit d'entrer dans la nouvelle chambre du bébé. E-Z trouve bizarre d'avoir quinze ans et d'être bientôt un oncle, mais il a hâte d'y être.

Et Lia, elle se débrouillait bien à l'école, elle s'intégrait bien même si elle était passée de sept à douze ans en deux sauts dans un laps de temps relativement court. Ce qui la faisait vieillir semblait s'être arrêté et il semblait maintenant qu'elle avait le béguin pour PJ. Elle grandissait définitivement et il sourit en pensant à la façon dont elle était devenue autoritaire. Cela lui rappelait la Petite Dorrit la Licorne. Ils ne l'avaient pas vue depuis les épreuves. Peut-être que les archanges l'avaient envoyée pour aider Lia lorsqu'ils étaient tous liés. Puis il y avait eu l'arrivée de son cousin Charles Dickens. PJ et Arden étaient dans le coma et personne ne savait comment les en sortir. Alfred s'occupe de la maison. Depuis son arrivée, l'oncle Sam n'a plus besoin de couper l'herbe aussi souvent.

Il se rappela les deux procès dans lesquels il avait trouvé des similitudes. Celui de la fille déguisée en personnage de jeu vidéo. L'autre avec le garçon à qui l'on avait dit de tuer E-Z pour sauver la vie de sa famille. Ils étaient liés. Eriel avait raison. Il lui restait à comprendre ce que cela signifiait exactement.

"On est bientôt arrivés ? demanda-t-il en remarquant le froid qui s'installait. Ils avançaient rapidement, se rapprochant du parc national de la Vallée de la Mort, dans le désert de Mojave. On était en décembre, l'un des mois les plus froids de l'année pour le désert la nuit, et il regrettait de ne pas avoir emporté son sweat à capuche. Il faisait si sombre que les étoiles semblaient un million de fois plus brillantes. Comme des yeux dans le ciel avec un écart d'à peine un doigt entre elles, du moins c'est ce qu'il semblait.

Les anges en formation ne répondent pas. Ils descendirent de quelques mètres, puis continuèrent à voler à toute vitesse.

"Super !", dit-il. "Faites-moi savoir quand nous allons atterrir. J'aimerais bien avoir un agent de voyage pour me dire ce que je vois."

"Utilise ton téléphone", ont chuchoté Lia et Alfred. Puis ils se sont tus.

Ils survolent le Badwater Basin, le point le plus bas d'Amérique du Nord. Il a été nommé ainsi car l'eau y est mauvaise, donc non potable en raison de l'excès de sels. Cependant, certaines espèces animales et végétales peuvent prospérer dans la région, comme le cornichon, les insectes et les escargots.

Ils s'enfoncent dans la Vallée de la Mort, tandis qu'E-Z admire le terrain et essaie de ne pas penser à sa soif.

Il demande à nouveau : "Sommes-nous arrivés ?" lorsqu'un oiseau noir passe au-dessus de sa tête et dépose un tas de crottes avant de poursuivre sa route. "Bienvenue dans la Vallée de la Mort", dit-il en l'essuyant du revers de sa manche. Il se dépêcha de rattraper Hadz et Reiki.

CHAPITRE VINGT-QUATRE

VALLÉE DE LA MORT

"D épêchez-vous !" dirent Hadz et Reiki. "Nous sommes presque arrivés à Rhyolite."

Il avança, les rattrapant. "Et qu'y a-t-il exactement à Rhyolite ?"

"Un peu d'histoire", dit Hadz. "A moins que vous n'en ayez déjà entendu parler ?"

E-Z secoue la tête. Il avait appris des choses sur le Grand Canyon à l'école, surtout sur sa formation.

Hadz poursuit : "Rhyolite était une ville florissante pendant la ruée vers l'or en 1904. Mais cela n'a pas duré longtemps : en 1924, le dernier habitant est décédé et la ville est devenue une ville fantôme."

"Que signifie le mot Rhyolite ?"

Reiki répond : "C'est une roche volcanique acide - la forme de lave du granit. Elle a été nommée par un géologue nommé Ferdinand von Richthofen en 1860. Son origine est grecque, du mot rhyax qui signifie un ruisseau de lave".

"Alors, la ville a connu une grande ruée vers l'or et on lui a donné le nom d'une roche volcanique ?" Il hésite. "Je crois que je me souviens de quelque chose en classe à propos de l'action volcanique."

"C'est exact, dit Hadz. "Cela remonte à deux millions d'années."

"Cette leçon est intéressante, mais je ne comprends toujours pas pourquoi nous nous rendons à Rhyolite."

Reiki a répondu : "Parce que c'est le quartier général des renégats."

"Ceux qui se disputent le contrôle des capteurs d'âmes."

"Qui sont-ils exactement et comment pouvons-nous les arrêter ? Par nous, je veux dire nous, les Trois. Parce qu'Eriel et Raphaël retiennent Rosalie et que le temps presse. Ils ne nous ont donné que vingt-quatre heures pour les rejoindre."

"Chut, dit Hadz. "Ils ont une ouïe extraordinaire, et le vent peut leur transmettre nos voix en chuchotant. À partir de maintenant, nous ne parlerons plus qu'avec notre esprit."

E-Z demande, en utilisant son esprit, "Que se passe-t-il s'ils savent que nous sommes ici ? Je veux dire, ne pourront-ils pas nous voir ?"

"Hadz et moi ne sommes pas humains, nous sommes donc hors de leur radar. Toi, par contre, tu ne l'es pas, c'est pourquoi nous t'avons protégé."

"Génial ! Il y a un bouclier protecteur invisible autour de moi - c'est une information pratique à connaître."

Au loin, il aperçoit les montagnes noires. "Je parie que lorsque le soleil chauffe ces montagnes, on peut y faire frire un œuf." Il hésite : "Et l'oiseau qui m'a fait caca dessus ? Les méchants l'auraient-ils envoyé à notre recherche ?"

Hadz et Reiki secouent la tête. "Nous avons vu l'oiseau. C'était un corbeau - connu pour être porteur de messages du ciel."

"D'accord, c'est juste. Je ne pensais pas que cela ressemblait à un corbeau. Dis-moi ce qui a détourné les capteurs d'âmes et ce que nous allons devoir faire pour les vaincre." Il hésite : "Et quel est le rapport avec la réincarnation en jeune garçon de Charles Dickens." Il hésite encore. "Lia sera-t-elle transportée ? La licorne Little Dorrit reviendra-t-elle si/quand nous acceptons de vous aider ?" Cela faisait beaucoup de paroles. Il avait soif et regrettait de ne pas avoir apporté une bouteille d'eau.

POP.

Un seul est apparu. Il l'a bu après avoir dit "Merci" à personne.

Reiki demande : "Avez-vous déjà entendu parler des Erinyes ?"

E-Z secoue la tête.

"Également connues sous le nom de Furies", a déclaré Hadz.

"Je n'ai aucune idée de ce que c'est... mais j'ai un vague souvenir de quelque chose qui vient d'un jeu peut-être ?"

"Elles sont connues collectivement sous le nom de Déesses de la Vengeance."

"Dites-m'en plus. De qui se vengent-ils ?"

"Pourquoi, toute la race humaine !" souffla Hadz.

"Mes amis et moi en avons parlé tout à l'heure. La plupart des humains ne connaissent pas les capteurs d'âmes. La plupart croient que nous avons une âme. Des âmes qui vont au paradis ou en enfer, selon les choix que nous faisons dans notre vie."

"Oui, nous en sommes conscients", a déclaré M. Hadz.

"Alors dites-moi", demande E-Z. "Où est Dieu dans tout ça ? Dieu ou Jésus, Allah, Bouddha... quel que soit le nom que vous lui donnez. Où est-il ?"

Hadz et Reiki regardent devant eux sans répondre.

"Ok, j'ai compris que tu ne peux pas répondre à cette question. Réponds plutôt à celle-ci. Pourquoi les déesses punissent-elles les humains en utilisant quelque chose dont ils ne sont même pas conscients ? Je comprends qu'elles sont maléfiques, mais ça me paraît quand même ridicule."

"Les enfants", dit Hadz.

"Ils punissent les impunis. Mais..."

"Ah, j'attendais un mais... Continue."

"Les Furies abusent de leurs pouvoirs. Elles repoussent les limites. Elles s'en prennent à des innocents. Des enfants innocents qui jouent à un jeu."

"Attendez, vous voulez dire que les enfants qui jouent à des jeux sont punis pour des choses qu'ils font dans le jeu ? Mais le jeu n'est pas réel ! Comment peuvent-ils être punis dans la vraie vie pour quelque chose qui n'est pas réel ?"

"Je le sais, et vous le savez, mais pour les Furies, c'est du pareil au même. Si vous voulez tuer quelqu'un, vous suivez le même processus de réflexion qu'un meurtrier. Il s'agit de planifier, d'avoir l'intention de tuer et de passer à l'acte. Dans certains cas, il s'agit de meurtres de masse. Et oui, ils sont innocents, et on leur demande de faire ces choses pour avancer dans le jeu. Pour les Furies, les enfants sont les impunis et ils sont des proies faciles lorsqu'ils sont dans le jeu".

"Attendez une minute !" s'exclame E-Z. "Qu'est-ce que tu racontes exactement ? Je crois que je comprends l'essentiel, la place des Attrapeurs d'âmes, mais l'idée est tellement diabolique... Je ne veux même pas y penser, et encore moins la dire."

"Les furies se vengent sur les joueurs. Ceux qui ont péché dans leur cœur", dit Reiki. "Ils ne sont pas censés mourir ! Leurs capteurs d'âmes ne sont pas prêts à accueillir leurs âmes et donc..."

"Ils n'ont nulle part où aller", a déclaré M. Hadz.

"Et les Furies les rassemblent ici, en créant leur propre tribu d'âmes. Elles stockent les âmes des enfants dans des capteurs d'âmes volés."

"Cela crée le chaos", a déclaré M. Hadz.

"Alors, vous les enfants, vous devez nous aider".

"Attendez une minute !" dit E-Z. "Attendez une putain de minute !"

CHAPITRE VINGT-CINQ

QUATRE YEUX

"**H**ADZ A CRIé, ALORS qu'un nuage sombre se déplaçait rapidement dans le ciel et se dirigeait dans leur direction.

"Ils n'ont pas pu pénétrer le bouclier protecteur ! s'exclame Reiki.

E-Z jette un coup d'œil par-dessus son épaule. Il vit une chose noire qui n'était pas un nuage. Car il ressemblait à un serpent. Avec une langue fourchue qui léchait l'air. Au lieu de deux yeux, elle en avait plusieurs. Trop nombreux pour être comptés. Chacun d'entre eux dégoulinait de sang. Du sang et du pus jaune fumant.

La langue de la chose se déplaçait de droite à gauche. Elle faisait un bruit de fouet, tandis que ses mâchoires s'ouvraient et se fermaient. Et de sa gorge sortait un son noueux, qui alternait entre un cri et un bourdonnement.

Le vent aidant, une odeur nauséabonde emplit l'air et atteint bientôt les narines d'E-Z, Hadz et Reiki.

L'odeur était des plus nauséabondes. Pire que le soufre. Ou les œufs pourris. Plus dégoûtante que les fosses septiques et les cadavres en décomposition réunis.

Le trio prend de la hauteur, ce qui leur permet de voir au-delà d'une crête qu'ils n'avaient pas remarquée auparavant. Derrière, il y avait des récipients en argent. Des capteurs d'âmes. À perte de vue.

"Il y en a tant ! Sont-ils tous remplis d'enfants ? Oh, non !" dit E-Z d'un ton nasillard car il se bouchait encore le nez. Mais il pouvait encore sentir la puanteur.

PTOOEY.

Ils ont esquivé un jet de pus jaune gluant.

"Qu'est-ce que c'est que ça ? s'exclame E-Z.

En dessous, on pouvait voir un globe oculaire géant. Il avait été fermé. Déguisé.

PTOOEY. PTOOEY. PTOOEY.

"Oh non !" s'exclame E-Z. "Des crottes de nez !

Il leur a tiré dessus, projetant son liquide chaud et collant.

"Tenez bon !" crient Hadz et Reiki.

Chacun d'eux s'est emparé d'une des oreilles d'E-Z.

"Ahhhhh !", s'écrie-t-il.

PTOOEY.

E-Z a esquivé cette crotte de nez, mais elle a failli toucher son fauteuil roulant.

FIZZLE.

POP.

POP.

E-Z est de nouveau dans son lit. Des gouttes de sueur perlent sur son front.

Pendant ce temps, Alfred continue de ronfler au bout du lit.

"C'était un peu trop près pour le confort !" dit E-Z. "Ont-ils pénétré le bouclier de protection ? Nous ont-ils vus ? Savent-ils qui je suis, où je vis ?"

"Non, nous sommes sortis de là avant qu'ils ne puissent passer, dit Reiki.

"C'est peut-être une question idiote, mais pourquoi ne pas nous avoir fait entrer et sortir de là dès le départ. Au lieu de prendre le temps de voler jusqu'ici - et de mettre nos vies en danger ?"

"Nous devions vous montrer".

"Avant la bataille... Comment on appelle ça..."

"Vous voulez dire en reconnaissance ?" demande E-Z.

"Oui, c'est vrai. Nous devions vous montrer. Vous deviez le voir, de vos propres yeux. Tout cela. Ce à quoi vous êtes confrontés", a déclaré M. Hadz.

"Nous nous sommes dit que ce que vous apprendriez vaudrait la peine de prendre le risque."

"Je pense que l'avenir nous le dira", a déclaré E-Z.

"Désolé, si nous sommes allés trop loin", a déclaré Hadz.

"Nous avons vraiment eu à cœur de défendre vos intérêts".

"Je sais que vous l'avez fait. Et je suis content d'avoir vu les attrapeurs d'âmes. Leur nombre m'a vraiment choqué."

"Oui, cela nous a choqués aussi. Et vous pouvez être sûrs que cela a aussi choqué les archanges. Quand ils l'ont vu pour la première fois."

"Tu n'aurais pas dû dire ça", dit Reiki.

POP.

Hadz a disparu.

"Oh, c'est bon, c'est bon", dit E-Z.

"Peu importe".

"Je n'arrive toujours pas à comprendre ce que les Furies veulent faire de tout ça. Quelle est leur finalité ? Est-ce que quelqu'un l'a déjà compris ?"

"Ils en ajoutent chaque jour. De plus en plus d'enfants jouent à des jeux, se laissent entraîner dans leur toile."

"Mais pourquoi n'y a-t-il pas de tollé public ? Ne devrions-nous pas en parler aux dirigeants du monde, aux présidents, aux premiers ministres ? Ne pourraient-ils pas faire quelque chose ?".

"Réfléchissez, quelle est la première chose qu'ils feraient ? Ils enverraient l'armée. Plus de gens mourraient. Plus d'attrapeurs d'âmes requis avant l'heure.

"D'après ce que nous avons observé, le jeu est un phénomène mondial. Les sœurs maléfiques s'emparent des âmes d'enfants qui ne se doutent de rien."

Mais la plupart des dirigeants ont leurs propres enfants", a déclaré E-Z. "S'ils savaient, ils voudraient sûrement protéger leurs enfants et d'autres enfants aussi. "S'ils savaient, ils voudraient sûrement protéger leurs enfants et protéger les autres enfants aussi.

"C'est plutôt les Furies qui s'en prendraient à leurs enfants. C'est comme si on leur tendait un bâton", a déclaré Reiki.

POP.

Hadz était de retour.

"Ils aimeraient pouvoir détruire les enfants grands et puissants. Pour l'instant, ce qu'ils semblent faire est aléatoire - choisi dans le jeu", dit Reiki.

"Dis-moi ce que tu sais d'eux". demande E-Z.

Hadz chuchote : "Elles s'appellent Allie, Meg et Tisi. La vengeance d'Allie correspond à la colère, celle de Meg à la jalousie et Tisi est connue comme la vengeresse".

"Ok, alors, pourquoi sentent-ils si mauvais ? Et comment peut-on les vaincre tous les trois ?" demanda E-Z en regardant sa montre. Il devait parler au reste de la bande pour récupérer Rosalie. Comment allait-il leur parler de ce terrible trio et de tous les enfants qui se trouvaient dans ces attrape-âmes ?

"La légende dit qu'ils étaient punis pour avoir fait leur travail, dans le passé. Aujourd'hui, ils ont trouvé une faille avec la réalité virtuelle, une nouvelle invention humaine." Hadz hésite. "Pourquoi les humains ne veulent-ils jamais vivre leur vie dans le présent ? Pourquoi doivent-ils s'échapper et jouer à des jeux stupides qui mettent leur vie en danger ?" L'aspirant ange était rouge et très fâché."

Reiki tente de réconforter son ami en lui disant : "Ils ne savent pas ce qu'ils font."

"L'ignorance n'est pas une excuse", a déclaré E-Z. "Nous devons les renvoyer là où ils étaient avant l'invention de la RV. Et nous devons leur rendre les âmes des enfants qu'ils ont enlevés sous de faux prétextes. Mais comment les convaincre qu'ils font le mal ? Qu'ils volent des vies et punissent les gens pour leurs pensées et non pour leurs actes ?

"Maintenant que j'ai eu un aperçu des Furies, je sais que nous devons vous aider plus que jamais. Mais je dois encore convaincre les autres. Même s'ils sont d'accord, nous nous battons contre vents et marées. Je veux être positif. Dire que nous sommes à la hauteur. Mais nous n'en aurons la certitude qu'au moment du combat."

Il donne un coup de poing à son oreiller et le tient sur ses genoux. "Attendez une minute, est-ce qu'elles sont mortes ? Je veux dire, est-ce que les Furies ont échappé à leurs propres attrape-âmes ? Et si c'est le cas, comment ? Qui les a aidées à sortir ?"

Hadz a regardé Reiki et Reiki a regardé Hadz.

POP.

POP.

Ils ont disparu.

"Génial !" dit E-Z. "Tout simplement fantastique !"

CHAPITRE VINGT-SIX

ÉQUILIBRE

BIEN QU'IL AIT ESSAYé de dormir, E-Z n'y est pas parvenu. Il n'arrêtait pas de penser, de se poser des questions. Des questions auxquelles il ne pouvait pas répondre.

Il s'est donc levé du lit, a cliqué sur son ordinateur et a fait quelques recherches.

Il n'a pas tardé à trouver l'or. Il a trouvé un lien entre les Furies et les Trois Grâces. Elles semblaient être le yin et le yang l'une de l'autre. L'une bonne, l'autre mauvaise. Il s'est demandé s'ils pouvaient utiliser cette information à leur avantage. Si les déesses maléfiques pouvaient être ramenées sur terre, les déesses bienfaisantes pourraient-elles l'être aussi ?

D'abord, avant de proposer aux archanges de les ramener - à condition qu'ils en soient capables.

Il voulait savoir exactement ce que les Grâces apporteraient à la table.

Oui, c'étaient des déesses. Les filles de Zeus, le dieu du ciel. Leurs pouvoirs étaient orientés vers le charme, la beauté et la créativité. Il poursuivit sa lecture, mais ne voyait pas en quoi elles seraient d'une grande aide contre les Furies.

Il a tout de même un peu de temps et poursuit sa lecture. Il lit un texte accrédité par Nietzsche. Ses théories sur le bien et le mal sont encore discutées et débattues dans les forums.

C'est alors qu'un souvenir surgit dans sa tête. Cela se produisait de moins en moins, des souvenirs lui revenaient à propos de ses parents. Il espérait qu'ils ne s'arrêteraient jamais.

Celle-ci était une conversation avec son père. Au sujet de la troisième loi de Newton. Ils avaient pris un bateau et pêchaient.

"C'est la façon dont un poisson se propulse dans l'eau", explique son père.

Depuis, il en a appris davantage à l'école. Il pensait que Newton et Nietzsche auraient eu des conversations intéressantes. Mais leurs vies étaient séparées par des milliers d'années.

C'est alors qu'il s'est rendu compte de la situation. Lui, Lia et Alfred étaient aux antipodes des Furies.

Les archanges le savaient-ils déjà ? Est-ce la raison pour laquelle ils semblaient insister sur le fait que seuls lui et son équipe pouvaient vaincre les Furies ?

La question qui lui vient à l'esprit est toujours la suivante : peuvent-ils gagner ?

Est-il possible d'arrêter les Furies ?

Il doit en parler avec les autres.

Il éteignit son ordinateur et retourna se coucher avant que l'autre ne se réveille.

Tout le monde attendait de lui qu'il ait toutes les réponses. Il ne les avait pas, mais il faisait de son mieux. Depuis qu'il est devenu chef, la vie est ainsi faite.

CHAPITRE VINGT-SEPT

CHAMBRE ROUGE

E-Z SE TROUVAIT DANS une pièce rouge. Une pièce qui sentait le sang. La forte odeur de fer lui fit mal au nez et il le couvrit de sa main, puis avança de quelques pas. Ses pas laissaient des traces sur le sol ensanglanté. Où était-il ? En enfer ? Au moins, il avait la possibilité de courir ici, mais où ? Il n'y avait pas de portes. Aucune fenêtre. Aucune lumière d'aucune sorte et pourtant, il pouvait voir que tout était rouge. Et humide.

Il sortit son téléphone et cliqua sur l'application lampe de poche. En utilisant le faisceau de la lampe de poche, il suivit les murs tout autour de lui. Ils étaient tous identiques. Sanglants et dégoulinants. Et puants. Il attendit. Appeler à l'aide ne semblait pas être une chose intelligente à faire. Il serait peut-être mieux si ce qui l'avait amené dans cet endroit ne venait pas à sa rencontre. Il préférait ne pas les rencontrer. Le faisceau de la lampe de poche s'est éteint et son téléphone s'est éteint. Effrayé à l'idée de bouger, il resta immobile et écouta.

Quelque chose qui rampe. Qui se faufile le long du sol. Un qui descend du mur à droite et un autre à gauche. Trois. Des serpents.

Puis l'air de la pièce s'est modifié, et une odeur familière est apparue. De la pourriture. D'œuf. Sulfureuse. Carcasse pourrie.

Il se couvrit le nez. Comme auparavant, cela ne suffit pas à masquer l'odeur répugnante.

Il a attendu.

Alors, ils le voulaient seul. Ils l'ont eu. Il s'assurerait qu'ils le regrettent si c'était la dernière chose qu'il faisait.

"Nous pourrions vous manger au petit déjeuner", a crié Tisi.

"Ou le déjeuner", dit Alli. "J'ai un petit creux, après tout".

"Ou le thé de l'après-midi, il n'y a pas grand-chose de lui. On ne peut pas le partager à trois", dit Meg.

E-Z concentre toutes les fibres de son être sur ses ailes. Elles étaient son seul espoir de s'échapper et elles ne servaient à rien.

"Regardez !" s'écrie Meg. "Il essaie d'utiliser ses petites ailes".

Tisi et Alli se sont soulevées. Meg les rejoignit alors qu'elles planaient juste hors de sa portée.

Sous ses pieds, le sol tremble et gronde. Comme s'il allait s'ouvrir et l'engloutir. Il recula pour se stabiliser contre le mur. Mais quand il l'a touché, sa chemise était mouillée. Et quand il posa la main dessus, elle revint couverte de sang.

"Je n'ai pas peur de vous, les trois salopes !", a-t-il crié.

"Peut-être que tu n'as pas encore peur de nous..." cria Meg.

"Mais tu le seras très bientôt", siffle Tisi.

"Pour l'instant, tu peux t'occuper de ces trois-là ", chuchota Meg, son haleine fétide le faisant presque vomir.

Les trois serpents, utilisant le levier de la hauteur, s'élancèrent vers lui. Leurs langues fourchues sifflaient et crachaient. Puis ils commencèrent à s'enrouler les uns autour des autres. Se rejoignant, s'entrelaçant. Jusqu'à ce qu'ils ne forment plus qu'un seul serpent gigantesque, avec trois têtes et trois fouets. Des fouets qui claquaient dans la direction d'E-Z pour le maintenir en place.

Il recula encore un peu plus. Entendre le sang couler derrière lui le réconfortait. Son corps se détendit et son dos s'enfonça dans le coin, contre le mur ensanglanté.

"Regardez-le", dit Tisi. "Ce n'est qu'un garçon et il n'a fait de mal à personne. En fait, il est tellement gentil qu'il est dommage que nous devions le détruire."

"Oui, son cœur est pur, dit Meg. "Mais il a une tache noire sur son cœur. Une tache de vengeance qu'il aimerait exercer contre ceux qui sont responsables de la mort de ses parents."

"Ne parlez pas de mes parents !" hurle E-Z en s'enfonçant un peu plus dans le mur ensanglanté. Il avait peur. Peur que ce qu'ils disaient soit vrai. Il ferma les yeux. S'il ne les voyait pas, peut-être qu'ils s'en iraient. Puis quelque chose derrière lui a cédé. Et il est tombé en chute libre, en arrière. Tombant. Tombant.

THUMP

Il a atterri dans son fauteuil roulant et ils sont repartis.

De retour dans la Salle Rouge, les Furies sont furieuses !

"Poursuivez-le !" cria Tisi.

"Attrapez-le !" cria Meg.

"C'est trop tard ! dit Alli. "C'est comme s'il avait disparu !"

"Retournons dans la Vallée de la Mort", dit Meg. Elles partirent, laissant la Red Room vide. Mais leur puanteur persistait.

THUMP.

"Vous saignez, dit Sam. "Emmenons-le dans la salle de bains. Nous pourrons voir à quel point il est blessé." Sam pousse le fauteuil roulant vers la porte.

"Non, arrêtez ! dit E-Z. "Je vais bien. Le sang n'est pas le mien. Mais il faut que je me nettoie. Pour me débarrasser de la puanteur. Ensuite, je t'expliquerai ce qui s'est passé. Je te le promets."

"Tant que tu es sûre que tu vas bien", dit Sam.

Après son départ, Sam, Lia et Alfred n'ont rien trouvé à se dire. Ils ont attendu son retour en silence.

Dans la salle de bains, E-Z positionne son fauteuil roulant sur la rampe. Lorsque la maison a été reconstruite, l'oncle Sam a inventé une nouvelle douche pour lui. Cela lui a donné plus d'indépendance. Et c'était amusant ! Un peu comme un lavage de voiture.

Il s'est levé et a passé ses bras et son cou dans les sangles. Il a appuyé sur un bouton pour avancer, et son fauteuil a suivi. L'eau commença immédiatement à couler. Elle nettoyait simultanément son corps et ses vêtements. De temps en temps, du gel douche ou du shampoing giclait, suivi d'eau pour le nettoyer.

Maintenant qu'il est propre, il continue d'avancer et déclenche le mécanisme de séchage. Celui-ci le sécha, lui et ses vêtements, et les défroissa en quelques minutes.

Arrivé au bout, il se déconnecte des sangles et se laisse tomber dans son fauteuil. Il se regarda dans le miroir. Ses cheveux étaient déjà si beaux qu'il n'avait même pas besoin de les peigner. Il retourna dans sa chambre. Lorsqu'il vit ses amis, son estomac s'emballa et il vomit.

"Je suis désolé", a-t-il dit. "Vraiment désolé."

Lia et Alfred l'entourent de leurs bras. Ils ne se sont pas inquiétés du vomi. Les amis dévoués ne s'inquiètent pas de ce genre de choses.

Sam est allé chercher un bol et de l'eau pour nettoyer son neveu.

E-Z est reconnaissant de cette aide qui lui permet de réfléchir à ce qu'il va dire et à la manière dont il va le dire.

"Merci, Oncle Sam. Euh, ce que j'ai à vous dire. Ce n'est pas joli."

"Allez-y", dit Alfred.

"Nous sommes là pour toi", dit Lia.

"Asseyez-vous, oncle Sam."

Ils ont énuméré tout ce qui se passait sans dire un mot.

"Je suis partant", a déclaré Alfred.

"Moi aussi", dit Lia.

"Moi trois", dit Sam.

"D'accord", dit E-Z. Et une seconde plus tard, il était sur le chemin du retour vers la salle blanche. Ou du moins, c'est ce qu'il espérait.

N'importe quel endroit était mieux que la chambre rouge. N'importe où.

CHAPITRE VINGT-HUIT
LA CHAMBRE BLANCHE

LA PIÈCE BLANCHE SEMBLE différente lorsque ses pieds touchent le sol.

E-Z se sentait si heureux de retrouver le confort de la chambre blanche. Là où il pouvait se promener. Toucher les livres. Sentir les livres. Mais quelque chose lui paraissait étrange. Il n'y a plus de livres.

Il se stabilise. Il remarqua que ses mains tremblaient. Ses genoux tremblaient. Maintenant, ses dents claquent.

Il s'entoure de ses bras et regrette de ne pas avoir pris sa veste. Il attendit, s'attendant à en voir arriver une. Ce ne fut pas le cas.

"Qu'est-ce que c'est que cet endroit ? demanda-t-il.

Pas de réponse.

"Cheeseburger, avec des frites", a-t-il dit.

Rien.

"Chop suey, avec pâté impérial", dit-il avec plus d'autorité.

"J'exige de savoir où je suis ! s'écrie-t-il.

Rien.

Nadda.

"Rosalie ?", appelle-t-il. "Tu es là ? Eriel ? Raphaël ? Quelqu'un d'autre ? Hadz ? Reiki ?"

Encore une fois, rien.

Pas même un PFFT poli pour le détendre.

La familiarité des livres était le seul point d'ancrage qui le retenait dans cet endroit. Il se dirigea vers l'échelle, la déplaça sous les D. Il s'attendait à trouver Charles Dickens et commença à grimper. S'attendant à trouver Charles Dickens, il commença à grimper. Au lieu de cela, il découvrit que chaque livre qu'il touchait était lié au monde du jeu.

Qu'est-ce que c'est ?

Et aucun des livres n'avait d'ailes. Ils étaient tous neufs. Comme si personne ne les avait ouverts auparavant.

Il a failli tomber de l'échelle lorsqu'une voix s'est fait entendre,

"E-Z Dickens - Ce n'est pas la chambre blanche que vous connaissez. C'est une réplique. Vous avez été envoyé ici pour faire des recherches. Tous les livres dont vous avez besoin sont à portée de main. Chaque livre doit être lu et revu dans son intégralité."

"Je ne peux pas lire tous ces livres rapidement ; il me faudrait des années pour les lire tous !

"C'est pourquoi vous allez recevoir un pouvoir supplémentaire. Un pouvoir qui ne se concrétisera qu'entre les murs de cette pièce. Lisez maintenant. Rapide. Furieusement. Mémorisez tout."

Lorsque cette voix s'est éteinte, une autre a commencé,

"Dix, neuf, huit, sept, six, cinq, quatre, trois, deux, un. Maintenant, lisez E-Z Dickens. Allez-y."

E-Z a parcouru tous les livres.

Lorsqu'il en a terminé un, un autre lui tombe immédiatement dans les mains. Puis un autre, et encore un autre.

Il les a tous lus, jusqu'à ce qu'il ne puisse plus rien lire.

Il espère que sa tête ne va pas exploser !

Puis il se laissa tomber contre le mur, se recula dans un coin et pleura tandis qu'un plan se dessinait dans son esprit.

L'idée lui est venue en pensant à PJ et Arden. Pourquoi les Furies les avaient-elles plongées dans le coma au lieu d'utiliser des capteurs d'âmes ? Ils étaient dans le jeu - ils jouaient tout le temps, pourquoi ne pas les tuer ?

Le plan était le suivant : Lui et son équipe allaient inventer leur propre jeu multijoueur. Sam connaîtrait des gens qui pourraient les aider dans l'industrie. Lorsque les Furies viendraient réclamer leurs âmes, ils les feraient tomber.

Il aurait aimé qu'Arden et PJ soient là pour jouer avec lui - parce qu'ils auraient assuré ses arrières. Ce n'était pas grave, il les protégeait. Il allait les sauver et les libérer.

Il fait les cent pas, réfléchissant à tout cela. Un aspect ne fonctionnerait pas. S'il l'engageait dans un jeu et refusait de le tuer, ils seraient à ses trousses. Et cela pourrait mettre d'autres personnes en danger.

Ce n'est pas comme s'il pouvait dire à tous les joueurs du monde d'arrêter de jouer. S'il leur disait la vérité, à savoir que les trois déesses essaient de voler leurs âmes, ils l'enfermeraient.

Pourtant, c'était la seule idée. La seule voie claire qu'il voyait pour battre les Furies dans leur propre jeu.

Résigné à ne rien trouver de mieux, il dit : "Sortez-moi de là".

Et c'est ainsi qu'il se retrouva seul dans la vraie salle blanche avec Rosalie et Raphaël. Il se demanda où était Eriel, bien qu'il ne lui manquât pas.

"D'accord, j'ai une idée. Une sorte de plan", dit-il. "Mais je ne suis pas sûr qu'il fonctionne. J'ai besoin des réponses à deux questions. Et j'ai une demande pour une troisième - la demande n'est pas négociable".

"Posez vos questions", dit Raphaël.

"Premièrement, est-ce que je pourrai sauver mes meilleurs amis PJ et Arden si nous affrontons les Furies ?

Raphaël hésite avant de parler. "Si tu réussis, il n'y a pas de raison que tes amis ne soient pas sauvés.

"Croix de bois, croix de fer", a-t-il dit.

C'est ce qu'elle a fait.

"Comme je le pensais, leur état est dû aux Furies. C'est bien ça ?"

"Oui, nous pensons que c'est vrai. Vos amis ont de la chance, d'une certaine manière, car leurs âmes sont restées intactes. Ce que nous n'arrivons pas à comprendre, c'est pourquoi, c'est-à-dire s'ils ont été ciblés par les Furies. Dans tous les autres cas que nous connaissons, elles ont pris l'âme d'enfants. Nous n'en connaissons pas d'autres comme vos amis qui restent en vie dans un état comateux."

"J'ai aussi une idée à ce sujet, mais ce que j'ai besoin de savoir, c'est que si les Furies sont vaincues, qu'arrivera-t-il à PJ et à Arden ? Qu'arrivera-t-il à tous les enfants dont les âmes sont déjà dans des capteurs d'âmes ? Ils n'étaient pas censés mourir. Et qu'arrivera-t-il aux âmes des sans-abri ?"

"En ce moment, les Furies utilisent le pouvoir d'Internet. Il leur donne accès aux cœurs et aux maisons de chaque personne sur la planète. C'est comme si vous aviez laissé vos portes et vos fenêtres ouvertes, et que n'importe qui pouvait entrer. Il est vrai que les Furies ne sont qu'au nombre de trois, mais leurs pouvoirs sont immenses. Ce sont des créatures mythiques, des déesses dont les origines remontent à Zeus. Vous avez entendu parler de Zeus, n'est-ce pas ?"

"J'ai lu qu'il était le dieu du ciel et le père des Trois Grâces. Pourraient-elles nous aider, si vous les rameniez ?"

"Zeus n'est pas impliqué dans cette affaire. Ses filles non plus. Nous, les archanges, ne jouons pas avec le temps. Et nous avons toujours pensé que les capteurs d'âmes étaient sacrés. Intouchables. Jusqu'à maintenant."

"Super, donc vous pensez que mes amis ont été ciblés par les Furies, mais vous n'en êtes pas vraiment certain. Pas plus que moi, n'est-ce pas ?"

"C'est exact. C'est parce que je ne peux pas dire oui ou non à cent pour cent. Si vos amis jouaient à des jeux. Je veux dire tuer dans le cadre des jeux... Alors ils répondraient aux critères des Furies.

"Mais s'ils voulaient qu'ils meurent, ils seraient déjà morts. A moins que... non, ça n'a pas de sens. Cela signifierait qu'ils savent pour vous et votre équipe. Il n'y a aucune chance qu'ils le sachent. Nous avons gardé le secret. S'ils le savaient, ils garderaient vos amis en vie au cas où ils auraient besoin d'un moyen de pression."

"Vous voulez dire comme monnaie d'échange ?"

"Peut-être, mais pour être honnête, je n'en sais rien. Comme je l'ai dit, nous avons gardé tout ce qui vous concerne, vous et votre équipe, secret. Nous, y compris moi-même et les autres Archanges, ferions n'importe quoi pour vous protéger.

"Les Furies ont reçu des pouvoirs au cours des siècles. Mais elles n'ont jamais pris pour cible des enfants innocents. Elles n'ont jamais détourné leur programme pour servir leurs propres intérêts."

"Quels sont leurs objectifs ? demande E-Z.

"Nous ne le savons pas."

E-Z a déclaré : "C'est pourquoi nous devons mettre toutes les chances de notre côté pour gagner contre eux".

"Exactement, mais chaque jour, ils volent l'âme d'un plus grand nombre d'enfants, et ils accélèrent le processus.

"Accélérer, de combien ?" demande E-Z.

"Nous pensons qu'ils sont des milliers, mais bientôt ils seront des millions. Bientôt, il sera trop tard pour les arrêter."

"D'accord, je comprends ce qui est en jeu, mais nous ne sommes que des enfants et nous ne voulons pas y aller à l'aveuglette. Nous sommes mortels et eux aussi. Nous devons réfléchir, envisager toutes les options avant de risquer nos vies."

"Nous comprenons et, comme je l'ai dit, nous vous soutiendrons."

"J'aimerais savoir ce que je suis censé faire d'un Charles Dickens de dix ans.

"Oh ça", dit Raphaël. "Tout d'abord, nous n'avons rien à voir avec sa réincarnation. Nous avons une théorie, en plus de celle que nous t'avons exposée, à savoir que c'est toi qui l'as invoqué. Nous nous demandons si son retour n'est pas une erreur de leur part. Peut-être que l'univers s'est ouvert et l'a envoyé pour vous aider, en guise d'équilibre. Après tout, c'est un parent de sang. C'est un conteur et un maître de l'intrigue. Il a peut-être des outils et des connaissances que tu ne connais pas encore pour t'aider à vaincre les Furies."

E-Z choisit soigneusement ses mots. "Mais c'est un enfant. Il n'a encore rien écrit. Il sera une distraction et il vient d'une autre époque. Il pourrait nous mettre en danger, nous et notre mission."

"Cela dépend", dit Raphaël. "Il pourrait être une arme secrète. Il est là, pour toi. Si tu crois en lui. Qu'il est né pour être écrivain. Alors, à dix ans, il aura déjà toutes les compétences requises. Utilisez-le à votre avantage si vous le souhaitez."

E-Z serre les poings. "Vous voulez dire que nous devrions utiliser mon cousin comme appât ?"

Raphaël rit et voltige, provoquant une brise inutile.

"Cela aiderait si tu arrêtais de battre des ailes comme ça", dit Rosalie. "Je suis couverte de pulls, mais je n'arrive pas à me réchauffer ici. D'ailleurs, j'aimerais bien rentrer chez moi. E-Z et les autres sont d'accord, alors j'ai fait ma part. Maintenant, au revoir, adieu. Laissez-moi rentrer chez moi."

BINGO.

Rosalie disparut et atterrit dans sa chambre. Elle conversa avec Lia dans son esprit, lui disant qu'elle était revenue indemne et qu'elle allait maintenant faire une sieste.

E-Z a pensé à une autre exigence non négociable.

"Je veux Hadz et Reiki avec moi, dans notre équipe.

Raphaël sourit. "Hadz et Reiki sont liés à Eriel par notre chef Michael.

"Laissez-moi lui parler. Ces deux-là nous ont aidés. Ils viennent quand je les appelle. Si nous voulons lutter contre le mal ancien, nous avons besoin de ces deux-là à nos côtés pour nous aider."

"Michael ne peut pas vous parler. Cependant, je vous soumettrai votre demande. S'il le juge nécessaire, il me le fera savoir et je vous le ferai savoir à mon tour. Y a-t-il autre chose ?"

"Oui. Je dois savoir comment me débarrasser des Furies. Sommes-nous censés les tuer ? Les renvoyer d'où qu'elles viennent ? Que nous demandez-vous exactement de faire avec ces déesses ?"

"Liez-les, maintenez-les, et nous ferons le reste. Si votre plan fonctionne, nous devrions pouvoir prendre le contrôle des capteurs d'âmes. Nous remettrons tout à zéro."

"Qu'en est-il de ceux qui sont morts prématurément ?"

"Tout sera égalisé... une fois que les ennemis auront été neutralisés."

"Avant que vous ne me renvoyiez, dit E-Z, j'ai besoin de quelque chose, d'une assurance que vous n'allez pas nous croiser à nouveau. Nous donner Hadz et

Reiki était censé être cette assurance, mais puisque vous ne pouvez pas me la donner, j'ai besoin d'autre chose. Quelque chose que je puisse rapporter aux autres et leur dire que c'est la preuve qu'ils ne nous trahiront pas comme ils l'ont fait dans le passé."

"Comme quoi ?"

"Vos lunettes devraient faire l'affaire", a-t-il dit.

Raphaël tomba à genoux, ses ailes cessèrent de battre et se replièrent. "Pas ça, tout sauf ça", s'écria-t-elle. "Sans mes lunettes, je ne te suis d'aucune aide et je ne suis d'aucune aide pour personne."

"Les archanges ont retenu Rosalie ici contre sa volonté. Ils l'ont utilisée pour m'atteindre. Vous avez changé d'avis sur les promesses faites, annulé mes procès..."

Elle touche le bord de ses lunettes, puis les enlève. Dans ses mains, les lunettes se sont transformées en serpent, un serpent rouge qui a rampé sur le bras d'E-Z et s'est mis à grimper, grimper, grimper.

"Qu'est-ce que c'est que ça !" s'écria E-Z, tandis que le serpent continuait à remonter le long de son cou. Sur le bord de son menton. Il se faufila sur ses lèvres serrées. Sur son nez. Puis il s'est coupé en deux et a enroulé une extrémité autour de chacune de ses oreilles. Puis il est retourné à son état d'origine, c'est-à-dire à ses lunettes pulsantes.

"Mes lunettes sont à toi maintenant, quoi que tu fasses, ne laisse pas les Furies te les prendre. Si cela arrivait, nous serions tous détruits."

"Attendez !" dit la voix du mur. "Et si vous échouez ? Après tout, vous n'êtes que des enfants."

"Je ne peux pas vous promettre le succès, mais nous donnerons tout ce que nous avons. Mais il serait bon de savoir, si nous avons besoin de votre aide, que vous utiliserez vos pouvoirs pour nous aider."

"Deal", dit la voix.

E-Z était de nouveau dans sa chaise roulante, dans sa chambre, avec les lunettes rouges qui pulsaient sur son visage.

"Il faut que tu arrêtes de faire ça", dit l'oncle Sam, qui est en train de faire le lit de son neveu. "Avant d'oublier, Sam et moi avons rendu visite à PJ et Arden aujourd'hui, alors que nous faisions un bilan de santé à l'hôpital. Nous sommes tombés sur le père de PJ ; il nous a donné des nouvelles. Ils partagent une chambre d'hôpital maintenant, mais l'état de santé d'aucun des deux n'a changé."

"Merci, j'allais les appeler. Très bien, tout le monde se rassemble."

CHAPITRE VINGT-NEUF

QUE FAIRE ?

"**T**U AS BESOIN QUE je reste ?" Sam fait une pause. "Parce que ma femme attend que je lui masse les pieds. Le bébé doit naître d'un jour à l'autre, il n'est donc pas question de la faire attendre."

"Euh, allez-y et occupez-vous d'elle", dit E-Z. "Je vous donnerai les détails plus tard."

Lia a serré Sam dans ses bras.

"Merci", dit Sam en refermant la porte derrière lui.

La sonnette de la porte d'entrée retentit.

"Je l'ai ! appelle Sam en courant vers la porte d'entrée.

"Il a beaucoup à faire", a déclaré E-Z.

"Ce sera plus facile quand le bébé sera là", dit Lia.

"Ce sera plus chaotique", dit Alfred. "Mais ne nous préoccupons pas de cela pour l'instant."

"Alors, quelles sont les dernières nouvelles ?" demande Lia.

"Commencez par les points positifs, s'il y en a. J'espère qu'il y en aura", a déclaré Alfred.

"La bonne nouvelle, c'est que j'ai une idée. La mauvaise nouvelle, c'est que je ne sais pas du tout si elle fonctionnera contre nos ennemis. Ils sont connus sous le nom de Furies. L'un d'entre vous en a-t-il entendu parler ? Je connaissais le nom dans la mythologie, et elles sont présentes dans certains jeux."

Lia secoue la tête.

Alfred dit : "J'en ai entendu parler, mais c'était il y a longtemps. Je crois qu'on a lu des choses sur eux au lycée, à l'époque. Je me souviens qu'elles étaient méchantes - trois d'entre elles peut-être ? Et ce ne sont pas des déesses ? J'ai une image de Méduse dans la tête. Est-ce qu'elles étaient liées ?"

"Ils sont pires. Bien pires parce qu'ils sont trois", dit E-Z. "Quand j'ai vomi, c'était juste après ma deuxième rencontre avec eux. "Quand j'ai vomi, c'était juste après ma deuxième rencontre avec eux. La première fois, c'était lors d'un voyage avec Hadz et Reiki. Ce qu'ils appelaient une petite reconnaissance. Ne vous inquiétez pas, nous étions cachés, mais j'ai appris beaucoup de choses. Ils ont installé leur quartier général dans la Vallée de la Mort.

"Comme nous le pensions, ils ciblent les enfants. Dans le monde du jeu. Lia, tu as demandé quel était leur but... C'est de pousser les enfants à bout. Des enfants de notre âge, et même plus jeunes.

"Une fois qu'ils les ont, ils volent leurs âmes. Et ils les mettent dans des attrape-âmes destinés à d'autres personnes. Ainsi, quand ils meurent, leurs âmes ne vont nulle part."

"C'est vraiment diabolique !" dit Lia.

"Alors, quand les vrais propriétaires des capteurs d'âmes meurent, qu'advient-il de leurs âmes ? Je veux dire que si leurs âmes n'ont nulle part où aller - pas de maison, pas de paradis - alors que leur arrive-t-il ?" demande Alfred.

"C'est ça le problème. Ils n'ont pas de lieu de repos éternel - alors quand ils meurent, ils flottent. C'est la version condensée en tout cas. Et nous devons arrêter les Furies et nous devons les arrêter rapidement."

"Comment prennent-ils les âmes des enfants ? Je ne comprends pas", demande Lia.

"Moi aussi", dit Alfred. "Les enfants, en particulier ceux qui jouent à des jeux, sont très à l'aise avec les ordinateurs. Comment se mettent-ils en danger ? Comment les Furies peuvent-elles avoir accès à eux dans leur propre maison, juste sous le nez de leurs parents ?" Il réfléchit un instant : "Sont-ils responsables du fait que PJ et Arden soient dans le coma ?"

"D'accord, la question de Lia d'abord. Les Furies punissent ceux qui sont impunis - c'est leur but historique. Leur arme principale a toujours été le remords. Elles font en sorte que les gens se sentent coupables. Pour qu'ils regrettent d'avoir mal agi. Et quand elles y parviennent, elles prennent le contrôle. Elles les rendent fous, les poussent à se détruire.

"Je vous ai parlé du gamin qui est venu chez moi et qui a essayé de me tirer dessus. Il a dit que quelqu'un dans le jeu lui avait dit qu'il tuerait sa famille s'il ne me tuait pas. Ils l'ont poussé à s'en prendre à moi, à cause des actions qu'il menait dans le jeu. Il m'a fallu un indice d'Eriel pour faire le lien. Cela m'a semblé bizarre sur le moment, mais je n'ai pas tout de suite compris.

"C'est comme ça qu'ils font. Un enfant joue à un jeu et pour progresser dans le jeu, il doit tuer quelqu'un, ou même commettre un meurtre de masse, ou bien, vous voyez l'idée. Dans le monde réel, ces choses sont des péchés et sont contraires à la loi, mais dans le jeu, elles font partie du jeu. Dans la plupart des jeux, c'est même le seul but recherché".

"Attendez une minute", dit Alfred. "Vous êtes en train de me dire qu'ils punissent les enfants dans le jeu comme s'ils commettaient un meurtre dans la vraie vie ?"

"C'est exact", dit E-Z. "C'est exactement ce qu'ils font. Ils utilisent l'industrie du jeu pour justifier - non, je ne pense pas que ce soit le bon mot. Je veux dire qu'ils approuvent leurs actions en s'emparant de l'âme des enfants".

Lia ferma ses mains et en fit des poings. Puis elle les utilisa pour se boucher les oreilles, comme si elle ne voulait plus entendre. "Tu as tout à fait raison, E-Z. On n'a pas le choix, il faut absolument qu'on arrête ces sorcières. Le plus tôt sera le mieux."

"Je sais, dit E-Z, mais ce ne sera pas facile. Ce sont des déesses, également connues sous le nom de Filles des Ténèbres et d'Erinyes. Leur but premier est de punir les méchants et dans le cadre d'un jeu, tout le monde est méchant. C'est le seul moyen d'avancer dans le jeu".

"Vous avez dit que vous aviez un plan, quel est-il ? demande Alfred.

"Tout d'abord, pour répondre à votre question sur PJ et Arden. Mon intuition me dit que la réponse est oui. Mais j'ai demandé à Raphael si elle pouvait confirmer. Elle m'a répondu qu'elle ne pouvait pas se prononcer à cent pour cent dans un sens ou dans l'autre. Les Furies n'avaient jamais - à leur connaissance - renoncé à voler une âme. Sans parler de deux âmes.

"Oh, une dernière chose que je dois vous dire, c'est que dans la Vallée de la Mort, il y a des milliers d'attrapeurs d'âmes. Peut-être plus que des milliers et leur nombre augmente chaque jour. Ils sont à perte de vue." Il s'est arrêté, comme si son cœur était dans sa gorge, et a essuyé une larme.

"Il était difficile d'en être le témoin. Ce qu'ils font est tellement prémédité, délibéré. Ce que je n'arrive pas à comprendre, c'est ce qu'ils ont à y gagner. Hadz et Reiki ont eu raison de m'emmener voir ce qui se passait. S'ils me l'avaient dit, sans me le montrer... ça ne m'aurait pas frappé aussi fort. Oh, et Raphael dit qu'ils augmentent leur consommation tous les jours. Nous n'avons donc pas beaucoup de temps pour réfléchir. Nous avons besoin d'un plan et nous devons agir."

"Sont-ils mortels ? demande Alfred.

"Oui, nous sommes d'accord sur ce point", a déclaré E-Z. "Alors, j'ai eu l'idée de créer notre propre jeu. L'oncle Sam pourrait nous aider. Quand je jouerai pour faire étalage de mes meurtres, les Furies viendront me chercher. Quand elles le feront, nous les piégerons et les tuerons dans le jeu.

"J'ai pensé que leurs pouvoirs pourraient diminuer au cours du jeu. Et puis j'ai pensé que les miens pouvaient aussi diminuer".

"Nous ne le saurions pas avant qu'il ne soit trop tard", a déclaré Alfred.

"C'est vrai. Plus j'y pensais, moins l'idée me semblait efficace. Sans compter que s'ils ont PJ et Arden, coincés dans les limbes, jusqu'à ce qu'ils les contrôlent... Eh bien, ils pourraient leur enlever leur âme. Et nous les perdrions."

"Tu veux dire que ça pourrait être un piège ?" demande Lia.

"Exactement.

"Vous nous avez donné beaucoup à réfléchir", dit Alfred. "Je pense que nous devrions dormir, réfléchir et en reparler demain."

"Je ne suis pas sûre de pouvoir dormir, dit Lia, mais je suis d'accord, faisons une pause. J'ai besoin de temps pour réfléchir au danger dans lequel nous allons nous mettre. Nous devons nous assurer que nous nous soutenons les uns les autres."

"Bien sûr", dit E-Z. "En attendant, je vais voir si je peux trouver un plan B."

Lia quitta la pièce et ferma la porte derrière elle.

"Je me demande qui était à la porte d'entrée. demande E-Z.

"Nous pouvons demander à Sam demain matin, il est probablement encore occupé à s'occuper des pieds de sa femme.

Ils rient. "C'est un bon plan", dit E-Z. "Bonne nuit Alfred."

"Nuit E-Z".

CHAPITRE TRENTE

OOOH, BABY BABY

"**L**E BÉBÉ ARRIVE ! cria Sam quelques heures plus tard.

En descendant dans le hall, il tient la main de Samantha d'une seule main. Il portait un sac de voyage en bandoulière. Il saisit les clés de la voiture.

"Tu ne conduis pas, mon amour", dit Samantha en reposant les clés sur le comptoir.

E-Z est sorti dans le hall. "Tu veux qu'on vienne avec toi ?"

"Je vais bien", dit Samantha. "Lia dort encore à poings fermés."

"Je vais la réveiller et on se retrouve à l'hôpital, d'accord ?

Lia jette un coup d'œil par-dessus son épaule : "J'ai déjà appelé un taxi. Il ne conduit pas."

Sam sourit : "C'est elle la patronne."

"A bientôt", dit E-Z. "Au fait, qui était à la porte hier soir ?"

"C'était Rosalie. Elle était épuisée, alors on l'a mise dans la chambre d'amis."

"D'accord, merci", dit E-Z.

Alors qu'il roule dans le couloir jusqu'à la chambre de Lia, se demandant ce que Rosalie y fait, il frappe à la porte.

"C'est moi, Lia, dit-il. "Ta maman et ton oncle Sam vont à l'hôpital. Le bébé arrive !"

Il y eut d'abord un fracas, puis Lia ouvrit la porte. La lampe de sa table de nuit était posée sur le sol à côté du lit. "Je serai prête dans une seconde", dit-elle. Elle referma la porte.

Il se dirigea vers la chambre d'amis. Il y jeta un coup d'œil et Sam avait raison, Rosalie dormait profondément. Il retourna dans sa chambre, s'habilla et essaya de ne pas réveiller Alfred. Les cygnes n'étaient pas admis à l'hôpital, le réveiller serait méchant, il se sentirait exclu. Il écrivit un mot disant que Rosalie dormait dans la chambre d'amis et qu'il devait s'occuper d'elle jusqu'à ce qu'ils reviennent. Dites-lui de faire comme chez elle, écrivit-il. Il laissa le mot de façon à ce qu'Alfred ne le manque pas à son réveil.

E-Z referme la porte derrière lui et la verrouille, puis Lia et lui montent dans le taxi qui les attend et se rendent à l'hôpital.

Ils ont suivi les panneaux et ont rapidement trouvé le service des bébés. Sam était là, faisant les cent pas comme les futurs pères à la télévision.

"Comment tu tiens le coup ?" demande E-Z.

"Comment va ma mère ? demande Lia.

"Merci à tous les deux d'être venus", dit Sam. Sa main tremble lorsqu'il tente de boire une bouteille d'eau. "Samantha s'en sort très bien. Je veux dire, elle est déjà passée par là avec toi Lia, donc elle sait à quoi s'attendre et je suis. Eh bien, je ne sais pas si je peux le supporter. Le cours que nous avons suivi, pour nous aider à nous préparer pour aujourd'hui, était bien - mais la réalité est bien différente. Je déteste les hôpitaux".

"Tout le monde déteste les hôpitaux", dit E-Z. "Mais quand ils franchissent ces portes battantes. Et qu'ils disent qu'on a besoin de vous... Alors vous devez vous ressaisir et aller aider votre femme. Rappelez-vous que vous êtes une équipe, que vous êtes dans le même bateau. Vous pouvez y arriver !" Il donne une tape dans le dos de son oncle.

"Je sais.

Lia pose sa tête sur l'épaule de Sam. "Tu seras très bien.

Une infirmière arrive. "Votre femme a besoin de vous. Ce ne sera pas long. Je vais vous emmener vous préparer, et vous pourrez être avec votre femme quand nous la descendrons."

Sam a acquiescé et il est parti.

Le dernier regard sur son visage rappelle à E-Z celui de quelqu'un qui se tient devant un peloton d'exécution.

"Il va s'en sortir", dit Lia en tapotant la main d'E-Z.

Quelques heures plus tard, Sam revient vers eux avec un large sourire. "J'ai une autre fille, dit-il, et un fils !

"Deux bébés ? disent Lia et E-Z à l'unisson.

"Oui, deux. Nous n'en avons vu qu'un seul sur le scanner."

"Comment va ma mère ?"

"Elle est brillante ! Incroyable !"

"Pouvons-nous la voir ? Et les bébés ?"

"Donne-leur quelques minutes pour se préparer. Ensuite, tu pourras rencontrer ton frère et ta sœur Lia, et E-Z, tes cousins."

"Vous savez déjà comment vous allez les appeler ? demande E-Z.

"Oui, mais nous vous le dirons ensemble".

"C'est juste", dit E-Z.

"Deux bébés, dans cette maison - avec tous les autres", a déclaré Lia.

"Je pensais la même chose. Nous avons déjà une maison pleine... mais nous nous débrouillerons. On y arrive toujours."

Ils se sont assis ensemble et ont attendu.

EPILOGUE

QUELQUES SEMAINES PLUS TARD, nous sommes le 17 janvier. Noël était passé avec toute la pompe et la splendeur habituelles, tout comme la nouvelle année. E-Z avait un an de plus, seize ans, et la bande était réunie dans sa chambre. Charles Dickens les rejoignait via Facetime.

Au bout du couloir, les jumeaux - Jack et Jill - font des siennes. Sam et Samantha s'habituent encore à la routine des nouveaux arrivants. Personne dans la maison n'a beaucoup dormi, jusqu'à ce qu'ils ouvrent leurs cadeaux de Noël. E-Z, Lia et même Alfred ont reçu des casques antibruit.

E-Z avait réfléchi à d'autres moyens de vaincre les Furies. Outre son idée de s'en prendre à elles dans le jeu. Peu d'autres options se présentaient à eux.

Pendant que les autres dormaient, il avait eu quelques conversations en ligne avec Charles. Charles pensait que les battre à leur propre jeu serait "vraiment génial". '

E-Z était un peu inquiet de savoir quelles autres phrases ces détectoristes enseignaient à Charles. Ensemble, ils ont décidé d'informer le groupe de leurs discussions sur la manière de faire avancer l'idée du jeu.

"C'est facile", dit Charles Dickens. "E-Z et moi avons parlé au téléphone l'autre jour et nous avons trouvé ce qui pourrait marcher. S'ils ont des informations sur les Trois - je veux dire que vous êtes partout sur Internet - ils sauront pour vous. Mais ils ne sauront rien de moi.

"Non pas qu'ils aient peur de moi. Bien qu'Edward Bulwer-Lytton ait écrit un jour que 'la plume est plus puissante que l'épée'. Dans ce cas, j'espère que ce sera vrai.

"Je me suis donc entraîné avec mes amis les détectoristes. On s'est dit que le meilleur jeu pour les faire entrer, c'est un jeu qui existe déjà. Et nous pensons connaître le jeu parfait.

"Le jeu s'appelle The PK Crew. Le jeu est classé 13+ ou 12+ dans certains endroits et il est gratuit. Le but du jeu est de tuer tout le monde, y compris votre famille et vos amis. Vous êtes récompensé pour chaque meurtre, mais lorsque vous tuez des personnes proches de vous, vous obtenez encore plus de points. Plus d'argent. Et même de la notoriété dans le jeu. Votre photo sur PK TV. Sur la première page du journal The Peachy Keen Times. Le jeu se déroule dans une ville fictive appelée Peachy Keen. C'est le piège parfait - et c'est un jeu que nous allons lancer nous-mêmes. Je jouerai le rôle d'un enfant de douze ans, ils entreront dans le jeu et vous serez déjà à l'intérieur".

"Ce sera assez sûr", dit E-Z, "je veux dire, tu es déjà mort - je veux dire dans ta vie antérieure - donc ils ne peuvent pas te tuer".

On frappe à la porte : "C'est ouvert", dit E-Z.

Lia se leva d'un bond et entoura Rosalie de ses bras. "C'est bon de voir que tu es réveillée", dit-elle en se blottissant dans l'épais pull de son amie.

Rosalie est devenue un élément important de leur équipe. Cependant, elle n'est autorisée à rester avec eux qu'un jour de plus. Après cela, elle devait retourner à la maison.

En traversant la pièce pour s'asseoir, elle tapota la tête d'Alfred le cygne. Depuis qu'elle était arrivée avant les bébés, ils étaient tous devenus de bons amis.

"J'ai des choses à vous dire. Tout d'abord, merci de m'avoir si bien accueillie. C'est un plaisir de vous voir et merci de m'avoir fait sentir que je fais partie de votre équipe."

"Ahhhhh, dit Lia.

"Ce que je dois vous dire, c'est que j'ai écrit un livre sur d'autres enfants ayant des pouvoirs spéciaux comme les vôtres. Il est dans le tiroir de ma table de nuit. La prochaine fois que vous viendrez me voir, je vous le donnerai pour que vous puissiez aller chercher les autres pour vous aider à vaincre les Furies."

"Nous aurons besoin de toute l'aide possible", a déclaré Lia.

"Raphaël et Eriel pensent pouvoir t'aider, c'est pourquoi ils voulaient que je leur donne des détails. C'est pour cela que j'ai tout écrit, pour ne rien oublier d'important."

"C'est pour cela que Raphaël et Eriel t'ont emmené dans la salle blanche ? demanda E-Z.

"Oui et non. Je veux dire oui. Ils savent pour les autres enfants. Mais non, ils ne m'ont pas demandé de leur donner des informations sur eux. Je sais que ces enfants sont importants pour toi et que sans eux, tu ne peux pas battre les Furies."

"Que savez-vous des Furies ? demande Alfred.

Rosalie frissonne et croise les bras. "Je sais quelques trucs sur elles. Par exemple, ce sont trois sœurs effrayantes, qui sont de retour sur terre pour faire le mal."

E-Z dit : "Vous ne plaisantez pas. J'ai vu de mes propres yeux les dégâts qu'ils ont causés jusqu'à présent. Nous travaillons sur un plan. Mais dis-nous, où sont les autres enfants ? Pensez-vous qu'ils nous aideront ? Si nous trouvons un moyen de les faire venir ici."

"Ce sont de bons enfants, mais il faudrait leur demander la permission, ainsi qu'à leurs parents. L'un d'eux se trouve à l'autre bout du monde, en Australie, un autre au Japon et le troisième aux États-Unis, à Phoenix, en Arizona. Il y en a peut-être d'autres, mais ces trois-là sont les seuls avec lesquels j'ai été en contact jusqu'à présent", a déclaré Rosalie.

D'un autre côté, l'arrivée de nouveaux enfants va compliquer les choses", a déclaré E-Z. "De plus, si nous échouons, il n'y aura personne pour nous remplacer. "De plus, si nous échouons, il n'y aura personne pour nous remplacer. Il vaudrait peut-être mieux que nous gérions cela nous-mêmes, en nous exposant le moins possible. Si nous pouvons le faire, je veux dire éliminer les Furies, pourquoi impliquer d'autres personnes ? Des étrangers ? Pourquoi risquer la vie d'autres enfants ?"

"Il n'y a pas si longtemps, nous étions tous des étrangers", a déclaré Alfred.

"Je suis toujours un étranger, même si nous avons des liens de parenté", a déclaré Charles Dickens. "Mais je ne suis pas l'un des Trois. C'est E-Z qui commande et je suis heureux de faire ce qu'il pense être le mieux. Les détectoristes disent que je suis un débutant. Et c'est vrai."

Rosalie regarde le garçon dans l'écran. "Nous n'avons pas été présentés correctement", dit-elle. "Je m'appelle Rosalie et je suis presque sûre d'être plus novice que toi."

Charles rit. "Je suis Charles Dickens."

"Un lien de parenté avec vous savez, LE Charles Dickens ?" demande Rosalie.

"Euh, oui, je suis lui - réincarné."

Rosalie rit. "Je pensais avoir tout entendu. Eh bien, je suis heureuse de vous rencontrer, Charles."

On frappe fort à la porte d'entrée.

Quelques secondes plus tard, des pieds bottés se frayent un chemin dans le couloir, malgré les protestations de Sam.

"Rosalie", dit le plus costaud des deux hommes à travers la porte fermée. "Il est temps de retourner à la maison. Vous avez besoin de vos médicaments, alors sortez, ou nous devrons venir vous chercher."

Rosalie se lève : "On dirait que je t'ai dit tout ce que tu avais besoin de savoir, et juste à temps". Elle se dirigea vers la porte, l'ouvrit et sortit avec les assistants.

À l'arrière de l'ambulance, une minute, puis dans la salle blanche. Les étagères et les livres étaient les mêmes, mais l'odeur ne l'était pas. Avant, il n'y avait pas d'odeur, mais maintenant, elle était mauvaise. Puante. Méchante. Comme l'eau de Javel et les œufs pourris.

À travers le mur, trois femmes vêtues de noir de la tête aux pieds sont entrées. À la place des cheveux, elles avaient des serpents. D'autres serpents rampaient le long de leurs bras. Elles volèrent vers elle. Leurs ailes de chauve-souris contrastaient avec la pureté et la blancheur de la pièce. Du sang jaillissait de leurs yeux, tandis qu'ils agitaient leurs fouets dans sa direction.

Et leur puanteur était insupportable.

"Dites-nous ce que nous voulons savoir", répliquent les Furies à l'unisson.

"Je ne sais pas ce que vous me demandez", dit Rosalie en se pinçant le nez.

WHIP.

Le claquement du fouet effleure la peau de la joue de la vieille femme. Lorsqu'elle touche son visage et regarde sa main, celle-ci est couverte de sang.

"Tu sais", dit Allie, tandis qu'elle et ses sœurs font claquer leurs fouets à proximité de la femme plus âgée une fois de plus.

"Je ne vois pas ce que vous voulez dire."

Une étagère se renverse. Sans l'échelle qui se déplace rapidement, Rosalie aurait été écrasée sous l'étagère.

WHIP.

Je rêve, pensa Rosalie. Il faut que je me réveille. Je dois me réveiller MAINTENANT et m'éloigner de ces horribles créatures puantes.

Une autre étagère est tombée.

Puis un autre. Et encore un autre.

Bientôt, l'échelle a également touché le sol et a rebondi. Une fois, deux fois, trois fois. Puis elle s'est brisée en morceaux.

"Oh non ! s'écrie Rosalie.

"Tu nous diras ce que tu aimes", demanda Tisi en soulevant la femme plus âgée du sol et en l'entourant de ses bras serpentins.

Les pieds de Rosalie se balançaient de façon précaire. Tandis que les serpents resserrent leurs griffes autour du haut de son corps.

"Attention, ma sœur, tu vas lui donner une crise cardiaque", a crié Meg en se rapprochant de Rosalie. "Donne-nous ce que nous voulons, mon amour".

"Je ne te dirai rien. Peu importe ce que vous me ferez", dit Rosalie.

Elle était si courageuse. Car elle savait qu'elle n'était pas seule. Lia était là, elle écoutait.

"C'est une perte de temps totale", dit Allie en envoyant un fouet dans les airs et en frappant un mur entier d'étagères. Quelques livres ailés luttèrent pour sortir de dessous les étagères. L'un d'eux essaya de voler avec la seule aile qui lui restait.

Tisi se tourna vers le mur du fond et mit le feu aux livres. Ils tombèrent, comme des dominos, sur la pauvre Rosalie qui était ensevelie sous les livres en feu.

Les Furies rient à gorge déployée.

Rosalie prononce le nom de Lia dans son esprit. Où es-tu Lia ? demanda-t-elle. Où es-tu, petite ?

De retour à la maison, E-Z ouvre son ordinateur portable. "Bon, nous avons eu le temps de réfléchir. Sommes-nous tous d'accord pour dire que nous n'avons pas d'autre choix que de combattre les Furies ?"

Lia et Alfred ont acquiescé.

"Et nous devons trouver ces autres enfants et les amener ici. Nous sommes trois et ils sont trois. Lia, tu vas à Phoenix - Little Dorrit peut t'emmener ou tu peux prendre l'avion."

"Je préfère la Petite Dorrit".

"Ok, le premier enfant est classé. Mais nous ne connaissons ni son nom, ni l'endroit exact où elle se trouve à Phoenix, en Arizona. Vous devrez en parler à ses parents. Ce ne sera pas facile, car vous devrez leur faire savoir dans quel genre de danger leur enfant va se retrouver."

"Oui, je vais devoir demander plus de détails à Rosalie."

"Alfred, tu peux aller au Japon. Je te suggère de prendre l'avion - nous devrons trouver une solution logistique. Tu devras revenir en avion avec l'enfant, en supposant que ses parents te donnent le feu vert. Encore une fois, Rosalie doit nous donner des précisions sur l'endroit où se trouve l'enfant. Et il y aura la barrière de la langue, à moins que vous ne connaissiez le japonais ?"

Alfred secoue la tête.

"Je vais chercher un traducteur."

"Nous vous fournirons un téléphone et vous pourrez y installer une application qui fera la traduction à votre place. Il y aura une courbe d'apprentissage", a déclaré E-Z. "D'autant plus que vous n'avez pas de doigts". "D'autant plus que vous n'avez pas de doigts.

"Ça me paraît bien", dit Alfred. "Je vais devoir commencer à travailler avec le téléphone dès maintenant. Cela ne devrait pas prendre beaucoup de temps. En attendant, Rosalie peut dire à l'enfant que je suis un cygne, pour qu'il ne s'évanouisse pas en me voyant pour la première fois."

"C'est une bonne idée", dit Lia. "Mais comment vas-tu taper à la machine ?"

"Je peux utiliser mon bec".

"Ou un programme à commande vocale", dit E-Z.

"Cool", disent Lia et Alfred à l'unisson.

"Et je prendrai l'avion pour l'Australie. Je reprendrai l'avion avec le petit, mais ce sera plus rapide si j'y vais directement. Oh, et encore une chose, nous devons penser à une trappe pour nous-mêmes. Si l'un d'entre nous se faisait prendre, tuer ou blesser, nous pourrions sortir de là. Nous devons être prêts à tout. Si nous mourons avant d'avoir terminé, il n'y aura plus personne pour ramasser les morceaux."

"Les archanges", balbutia Lia, puis s'arrêta. Elle frissonna, puis ne put reprendre son souffle. Elle s'entoura de ses bras.

"Tu vas bien ?" demande E-Z.

"Shhhh", dit-elle. Il n'y avait aucun bruit dans la pièce ni dans son esprit, c'était le silence absolu et complet. Son rythme cardiaque est redevenu normal, tout comme sa respiration.

"Fausse alerte", dit-elle. "J'ai cru que quelque chose n'allait pas, comme si je recevais un SOS, mais tout semble aller bien maintenant.

"Cela arrive-t-il souvent ? demande Alfred.

"Non, dit Lia.

"D'accord, commençons à réfléchir", dit E-Z. Ils ont passé le reste de la journée à dresser une liste, en se concentrant sur ce qui pourrait mal tourner et sur ce qui pourrait bien tourner.

Ils sont allés dans leurs chambres et ont dormi.

La nuit a été paisible pour tout le monde, sauf pour Rosalie.

Rosalie, dont la voix n'a pas été entendue.

Dont la voix n'a pas été entendue.

Aucune aide n'est arrivée.

La salle blanche a été détruite.

Personne n'est venu sauver Rosalie.

De la part des méchantes Furies.

Remerciements

ERCI D'AVOIR LU LE troisième livre de la série E-Z Dickens... Je suis désolée pour la fin triste, mais ce sont des choses qui arrivent parfois.

Le dernier livre est en cours de traduction et sera bientôt disponible !

Merci encore à tous ceux qui m'ont aidée à faire de cette série tout ce qu'elle pouvait être, comme mes bêta-lecteurs, mes relecteurs et mes éditeurs. Bravo !

À mes amis et à ma famille, merci pour vos encouragements et votre soutien.

Et comme toujours, bonne lecture !

Cathy

À propos de l'auteur

Cathy McGough vit et écrit à Oakville, Ontario, Canada, avec son mari, son fils, leurs deux chats et leur chien. Si vous souhaitez envoyer un courriel à Cathy, son adresse est la suivante cathy@cathymcgough.com. Cathy aime recevoir des nouvelles de de ses lecteurs.

Également par